In these word search puzzles,
you will find everything you love about
romance books and characters lives
in stories.
Included in the clues are authors in the
genre and book titles from the
last few years.
There are over 1K words to be found.
Good luck.
I hope you enjoy!

XO-

Kat's Bookish Kreations

T	S	W	F	Y	T	E	H	T	E	M	W	D	G	B	R	R	N	P	J	Q	G	P
V	M	I	S	T	S	O	F	T	H	E	S	E	R	E	N	G	E	M	W	T	K	J
H	D	F	J	E	C	Z	F	U	B	Z	Y	B	L	B	O	D	Y	G	U	A	R	D
V	A	E	U	L	C	N	E	C	C	V	E	J	K	I	O	L	S	L	W	O	N	M
I	J	Z	V	P	E	M	A	Y	P	S	B	W	A	X	X	Y	O	B	C	R	D	I
Y	N	C	P	E	O	L	G	M	O	E	Y	O	M	U	G	X	K	G	J	P	V	V
W	I	S	E	D	K	Z	A	G	O	K	Z	F	S	Y	J	B	L	D	I	O	L	W
U	I	S	T	I	M	S	V	T	G	R	B	U	D	O	O	L	Y	E	M	S	R	C
Z	N	H	E	A	R	T	B	E	A	T	E	T	M	N	J	L	P	X	L	D	T	L
W	V	N	M	T	L	I	M	Y	G	F	V	C	S	I	M	T	U	R	I	F	O	P
N	K	O	F	R	C	O	E	L	T	N	E	G	N	U	T	W	D	P	D	M	C	X
A	S	B	N	I	K	I	V	T	C	F	I	M	C	A	Z	I	J	O	G	P	S	I
G	D	M	I	C	E	Q	T	E	Y	W	A	T	M	P	H	G	Q	P	Z	O	A	F
P	R	H	A	I	J	H	V	S	H	J	C	E	S	E	L	C	B	X	B	N	A	T
N	S	A	I	A	Z	I	T	T	A	G	H	Z	E	E	F	S	D	M	Y	N	S	H
O	Q	B	K	N	D	Q	T	S	N	I	H	K	N	K	R	Z	A	N	T	A	Q	V
L	X	P	E	P	C	E	X	M	S	E	S	L	R	X	U	E	Y	B	O	K	J	U
D	Q	R	Z	C	I	M	A	X	I	I	W	U	Y	A	A	U	T	K	W	C	Z	E
G	G	W	Q	D	D	Z	D	U	C	W	K	M	H	H	N	W	F	N	O	U	E	N
Z	J	G	H	J	W	L	C	I	X	J	G	E	Z	T	C	J	O	D	I	U	R	S
S	T	X	H	R	R	J	H	B	C	O	V	R	H	S	N	S	S	M	A	P	F	F
R	Y	W	U	S	W	E	G	W	J	W	C	L	V	T	Y	E	Q	G	K	L	H	S
M	D	R	G	S	H	Z	Y	N	F	N	F	A	Q	T	E	H	U	T	U	J	M	F

second chance romanc
interesting
insta love
the kiss theif

enthusiastic
bodyguard
pediatrician
heartbeat

gentle
geologist
femme fatale
mists of the serenge

B	O	F	D	C	X	E	C	J	O	V	U	A	U	X	M	F	J	L
M	L	W	F	Y	L	L	P	Q	M	K	F	H	A	F	P	N	B	T
V	E	Q	G	J	W	D	I	B	F	V	T	V	L	Z	S	J	C	W
W	P	Z	W	Y	T	C	P	H	W	A	E	O	P	A	P	J	S	O
I	L	J	E	F	N	I	C	H	E	M	A	V	B	N	W	C	I	S
U	A	R	R	S	W	G	L	N	J	P	D	R	E	G	Q	O	M	K
X	I	W	E	E	T	T	B	U	O	I	E	S	W	I	Z	O	J	B
F	N	I	G	C	H	N	L	S	F	R	V	Y	W	J	W	R	F	M
F	-	L	T	T	E	S	E	E	M	E	O	M	C	C	Z	A	A	R
S	S	V	N	C	R	P	A	M	B	I	T	I	O	U	S	F	Q	V
A	P	S	A	W	M	Q	T	A	E	D	E	A	N	W	A	G	N	D
S	E	B	U	Q	Q	S	Q	I	I	G	D	W	R	Q	L	S	B	L
S	A	I	L	O	R	P	H	W	O	M	A	M	Z	G	Z	M	V	R
Y	K	G	W	M	F	Q	W	Z	G	N	I	G	I	L	B	O	E	R
K	I	C	Q	Z	T	F	S	O	K	Z	I	O	N	V	A	D	V	X
F	N	Q	R	F	T	L	A	E	G	E	S	S	L	E	Z	B	L	I
D	G	A	F	U	D	Q	X	L	U	K	R	M	T	C	S	G	M	E
C	B	D	F	W	L	P	D	T	Y	L	A	Z	H	K	O	X	R	U
J	J	P	L	A	Z	V	G	N	M	Q	M	Y	S	P	R	P	P	L

vampire
engagement
sailor
grateful

plain-speaking
ambitious
devoted
receptionist

obliging
mia asher
saucy
sassy

M	T	D	Q	Y	M	F	H	A	Z	O	T	D	E	M	I	K	R	F
E	Q	Z	F	K	B	S	A	M	U	R	A	I	N	F	L	Y	I	I
F	T	E	F	M	T	A	B	T	H	N	L	B	Q	U	D	K	Y	U
S	T	A	T	U	O	A	L	T	E	X	T	O	V	H	W	J	M	Q
E	B	U	D	V	Z	R	E	N	E	B	I	R	V	L	G	P	U	R
V	N	D	L	G	L	T	G	R	O	G	G	Y	O	Y	S	P	Q	M
J	J	R	T	J	N	W	I	Y	G	U	P	O	G	U	G	L	J	S
C	A	F	A	S	L	I	N	Y	K	P	N	G	H	C	B	D	Q	K
T	Y	B	Y	S	I	F	D	E	M	L	D	R	T	A	B	L	P	U
L	V	O	P	M	L	N	O	D	E	L	L	I	F	L	U	F	E	D
X	N	B	V	A	R	S	O	D	E	U	A	L	A	L	N	N	F	D
P	R	S	C	B	W	K	D	I	I	W	Q	.	Y	I	C	O	J	P
G	A	A	Q	P	F	I	K	S	S	R	E	C	S	G	O	U	R	M
W	J	P	W	B	O	A	Z	Q	I	S	M	H	X	R	E	R	O	H
G	K	I	M	G	K	L	T	V	W	S	U	I	T	A	M	W	D	I
D	I	Y	T	R	Q	I	R	E	T	L	H	C	K	P	L	A	C	L
G	A	O	H	Q	C	K	X	Q	E	Y	P	N	R	H	Q	J	E	R
P	O	S	V	W	R	Q	E	M	Q	C	M	H	F	E	W	K	M	P
R	V	O	Q	T	Q	U	D	O	W	J	X	L	F	R	P	X	P	R

percussionist
beta
mrs.
fulfilled

samurai
able
untroubled
great

groggy
calligrapher
the wedding date
queen

B	K	M	Y	J	M	C	E	W	N	J	B	W	N	G	X	I	K	T	X	L	K
P	C	I	M	T	V	C	R	K	M	F	F	T	S	A	I	R	N	J	W	O	T
D	S	T	J	U	V	A	C	S	C	I	I	R	Y	E	Y	L	Q	E	O	O	Y
W	Q	L	L	N	Z	O	Z	D	R	H	C	E	Z	I	E	M	J	M	V	K	G
C	C	J	S	R	Q	S	S	G	A	B	Y	E	N	O	M	R	E	T	S	I	M
R	D	Q	W	J	E	W	E	L	E	R	Y	Y	V	H	Z	U	V	C	D	N	D
T	R	D	G	E	P	H	X	U	E	K	H	O	K	Q	R	K	C	L	E	G	Y
W	X	U	R	M	V	J	T	I	D	B	J	D	D	M	H	Q	W	E	Q	O	E
I	K	R	C	A	Z	X	T	A	N	O	Y	O	E	U	T	V	X	P	V	N	W
L	W	E	A	H	M	I	U	C	F	Z	B	A	L	A	C	O	L	Q	B	T	I
C	W	V	Z	R	T	A	E	Y	L	E	W	R	I	M	M	K	E	A	O	H	S
P	R	F	L	M	C	U	T	D	R	C	V	F	G	C	L	Y	D	I	M	E	M
R	S	H	K	A	Q	E	B	I	Q	W	Z	I	H	C	A	W	F	T	V	B	Y
Z	E	S	Z	J	Y	T	P	V	C	Y	H	H	T	K	J	U	N	Y	X	R	C
I	E	C	C	A	W	A	I	E	G	D	G	I	F	P	T	P	T	U	M	I	A
G	P	R	L	L	F	X	R	R	A	Y	U	K	U	Y	O	B	D	I	W	G	B
J	S	E	T	G	E	R	U	T	R	U	N	J	L	Y	C	D	E	S	O	H	Y
F	T	T	K	E	J	L	C	I	E	V	L	L	Z	P	Q	S	A	W	F	U	L
V	Z	N	Q	M	Z	W	X	N	F	B	D	I	L	M	L	H	P	T	W	C	S
A	O	Q	N	A	W	R	J	G	V	Q	J	O	W	R	E	R	D	B	P	E	Z
W	G	U	X	Y	O	D	T	S	F	S	E	D	W	E	J	D	G	Q	Q	Y	M
I	L	D	Q	P	Z	H	N	E	G	U	N	G	A	T	K	M	G	L	X	A	Y

betrayal
local
looking on the brigh
dramatic

nurture
awful
mister moneybags
jeweler

cautious
diverting
adoptive father
delightful

H	A	Z	L	R	L	P	U	B	W	R	P	A	X	A	K	D	R	U	Y
E	Y	E	X	D	C	B	S	K	H	Z	W	W	K	J	U	Z	Y	D	A
R	C	J	L	P	O	P	G	Z	J	I	S	T	I	K	L	K	B	Z	G
E	L	O	X	B	U	C	B	P	W	K	O	X	H	V	R	E	M	N	F
D	O	Y	N	S	A	E	T	G	F	N	W	G	K	L	V	D	B	Y	R
I	S	N	H	O	J	B	M	O	I	D	B	M	S	A	Q	M	Y	O	V
T	A	U	L	T	M	Y	R	O	R	R	Z	X	W	W	U	R	V	F	K
A	W	H	R	Y	N	I	W	U	S	C	K	B	Z	V	W	J	I	H	A
R	I	S	M	R	O	K	S	U	T	D	X	C	O	S	G	F	S	W	T
Y	X	F	U	O	O	N	L	T	L	R	N	V	W	Q	P	W	A	I	E
X	W	M	A	I	J	G	E	G	O	C	E	A	H	O	A	O	C	R	E
W	K	O	F	M	O	U	A	B	V	F	Z	P	H	L	B	A	Q	J	R
F	S	T	E	P	S	I	S	T	E	R	X	O	M	Z	T	H	T	H	O
T	G	G	D	R	F	L	L	W	E	D	H	P	T	I	U	Y	G	F	B
O	D	D	G	W	N	T	U	V	N	M	Y	V	C	A	X	Q	F	S	E
Q	A	L	B	E	O	E	Q	R	L	W	O	G	L	H	A	N	E	G	R
F	B	M	O	H	C	E	G	W	R	F	X	T	S	T	M	U	A	C	T
M	R	N	B	W	T	N	O	B	V	F	B	G	H	O	W	C	P	V	I
B	D	A	I	P	J	U	U	H	U	V	R	A	H	E	G	X	P	A	E
U	V	F	W	O	L	V	X	O	L	S	O	Y	N	H	R	O	I	N	X

handsome
only one bed
katee robert
first love

subgenre
imperturbable
doctor
stepsister

economist
hereditary
mafia
surrogate mother

A	Q	R	Q	S	U	Z	G	T	U	R	L	G	B	Z	G	W	Z	C
C	P	V	A	Y	F	Z	L	B	G	J	T	B	H	L	K	P	G	F
F	P	S	S	A	P	P	H	I	R	E	F	L	A	M	E	S	U	T
R	T	V	I	D	X	A	O	D	Z	D	U	T	R	A	M	P	J	I
E	Z	B	K	I	S	S	E	H	C	U	D	Q	N	R	O	Q	T	S
F	R	J	Z	C	B	I	T	T	L	E	F	Y	K	F	R	P	F	R
O	N	I	R	E	V	E	N	G	E	L	A	T	G	G	M	X	P	S
T	K	D	O	A	M	U	S	J	X	L	T	B	B	A	J	J	Z	M
V	Z	B	O	L	F	E	V	N	I	Z	H	L	G	F	F	L	X	V
H	G	S	M	V	W	K	W	D	R	Z	E	T	J	S	Z	G	X	L
F	M	G	L	Q	E	L	O	V	R	E	R	D	A	T	M	F	B	S
T	V	Y	M	M	O	M	Z	F	I	O	M	V	F	D	O	H	C	N
L	K	U	O	U	W	Q	L	G	T	K	L	M	G	S	M	D	F	J
K	S	S	R	X	D	Y	P	K	A	S	I	L	A	Z	X	Q	N	L
W	S	A	O	Q	A	D	R	B	T	C	I	N	G	R	X	F	W	M
H	X	T	S	X	T	S	E	N	I	O	R	R	G	P	G	V	U	L
F	M	L	E	E	K	F	Y	U	N	L	A	D	J	S	X	O	D	J
B	S	A	D	V	Y	V	N	G	G	K	J	R	N	F	M	B	R	D
M	N	A	A	P	B	H	Y	E	W	M	V	A	W	E	T	A	Y	P

revenge
father
sapphire flames
morose

athlete
vikings
programmer
droll

duchess
mommy
senior
irritating

E	H	K	V	F	I	Y	D	A	L	D	V	M	B	N	A	K	V
Q	B	E	F	U	R	G	O	A	G	R	V	H	P	C	N	L	R
X	K	T	B	B	U	Y	O	O	U	A	E	N	R	D	I	S	C
F	U	N	G	B	A	P	D	C	Y	G	S	G	K	C	E	C	Y
W	M	W	G	F	W	J	S	O	H	E	H	Y	A	I	U	N	E
D	N	M	T	R	F	J	I	A	E	B	K	T	L	E	U	A	M
X	I	N	E	Q	M	T	R	B	A	N	R	B	E	V	A	Y	M
R	Z	Y	S	B	K	H	T	L	D	B	U	E	X	R	N	M	N
D	E	Q	N	J	V	V	E	T	H	J	D	F	I	H	S	K	R
O	B	O	D	U	E	D	N	E	O	A	T	C	S	H	W	W	J
R	R	Y	X	M	Z	I	W	Z	N	U	E	S	D	G	S	B	Q
N	T	G	V	V	C	V	M	K	C	X	J	Y	A	V	E	A	X
I	S	N	R	Q	F	Z	O	M	H	V	J	J	R	J	G	I	C
W	F	F	O	F	C	G	Z	Y	O	B	Y	T	I	C	Z	L	B
O	B	R	E	S	I	G	N	E	D	D	E	C	A	T	W	M	E
L	E	E	L	B	A	G	I	T	A	F	E	D	N	I	H	O	Z
E	E	B	G	E	N	M	B	P	A	Z	K	S	N	W	A	X	L
Z	E	N	I	M	W	W	E	U	C	G	U	L	T	X	Z	X	Z

lady
fun
city boy
daughter
mason
immodest
alexis daria
eager
head honcho
resigned
cashier
indefatigable

X	B	K	Y	O	F	A	L	O	Z	U	W	H	M	V	C	B	E	S	B	W	O	O
O	B	R	H	R	Y	S	U	W	X	P	Z	Z	F	G	M	D	I	C	L	G	E	F
J	X	D	I	P	N	P	Z	I	F	H	Y	O	W	P	Y	Q	L	L	K	A	U	V
S	Q	K	A	D	H	Y	E	P	G	N	B	K	Z	M	G	X	Q	N	P	K	P	I
O	E	K	A	T	E	S	T	A	Y	M	A	N	-	L	O	N	D	O	N	Z	H	W
F	X	O	D	A	I	G	E	N	E	T	I	C	I	S	T	R	C	R	W	R	C	N
E	X	X	G	T	N	A	R	Y	T	M	N	P	U	U	X	X	O	F	U	H	S	Q
X	G	Z	B	B	V	P	Q	O	Y	Q	F	K	X	P	X	D	J	N	E	T	S	L
P	E	F	A	P	C	G	Z	M	O	Z	A	K	B	E	S	V	P	A	I	V	K	V
O	J	D	Y	I	F	I	R	K	K	M	N	T	I	A	J	M	W	M	C	C	T	A
R	P	E	O	P	L	E	W	E	M	E	T	O	N	V	A	C	F	S	T	H	E	X
D	G	H	A	U	E	L	I	U	V	V	E	T	X	O	A	M	G	A	I	Y	Y	K
D	V	S	J	X	R	W	N	H	K	I	F	Q	J	F	I	X	D	X	X	R	W	I
W	O	Y	A	E	U	S	Q	V	T	N	R	K	A	Z	E	T	L	Z	D	J	F	R
C	V	X	O	G	G	M	T	H	V	E	R	D	Y	U	L	L	P	H	K	B	A	H
B	H	K	L	W	V	L	R	Z	G	X	H	D	K	U	H	O	T	M	T	H	A	R
G	P	K	N	B	V	S	X	S	O	Y	Y	T	H	C	T	N	G	H	E	N	D	I
B	Q	G	A	S	Y	Z	E	P	O	Y	B	V	P	V	U	N	A	J	F	D	G	U
F	P	M	W	X	J	R	D	N	L	M	N	B	U	L	Y	R	D	E	O	X	E	G
D	S	K	N	U	G	E	P	Q	I	V	W	P	A	J	Y	N	T	R	S	O	U	R
A	I	D	C	D	F	J	X	I	D	Q	D	L	V	L	W	X	N	L	U	C	K	S
H	S	V	F	Y	A	I	F	J	D	T	R	B	H	L	F	F	G	S	S	V	I	F
M	Z	W	V	D	N	Z	S	J	P	O	Q	N	A	P	Q	X	D	F	N	E	J	Q

geneticist
flabby
kate stayman-london
infant
people we met on vac
tyrant
truck driver
redemption
moronic
bridegroom
the thief
sour

S	R	A	I	O	P	P	O	R	T	U	N	E	P	V	M	H	Z	U	T
D	E	T	L	Q	K	U	G	R	N	H	J	A	R	E	B	X	P	H	H
P	M	L	C	F	H	X	T	T	W	Z	G	P	J	E	V	F	N	D	T
A	P	M	Q	H	F	Z	L	X	K	W	A	I	R	V	M	O	B	C	E
R	V	E	Z	L	Y	B	F	Y	S	D	C	N	R	E	L	R	L	B	N
Z	R	E	F	N	Y	M	A	Q	S	W	A	D	V	B	I	E	A	S	V
B	O	R	Z	T	W	Z	N	J	N	U	Z	P	X	M	J	M	P	F	Q
J	Q	O	J	Q	D	W	Y	Y	D	Y	E	F	M	N	Y	A	E	B	B
W	H	H	Z	M	U	Y	G	Q	P	J	T	K	Q	E	M	N	P	R	H
M	K	A	O	N	Z	H	Y	Z	P	U	J	A	U	T	D	S	F	G	P
Z	S	T	I	L	A	W	L	A	F	Z	K	W	A	T	C	B	Q	T	Q
V	G	U	Y	K	R	H	O	Y	F	P	X	L	U	W	R	I	P	W	H
G	F	R	O	O	R	A	P	E	J	Q	F	J	S	Q	W	L	K	C	G
W	O	I	L	L	O	V	E	R	C	A	Q	V	G	X	C	A	N	H	O
H	V	P	C	I	A	R	K	L	O	K	R	U	Z	Y	J	H	A	B	X
D	O	N	D	Q	L	E	W	T	B	Y	L	Y	K	J	Z	P	A	H	U
F	B	G	P	N	N	B	Z	J	C	A	J	W	W	M	Y	O	T	F	T
M	Z	Y	A	U	A	R	M	T	K	N	I	S	Y	T	Q	N	B	W	Y
S	C	Q	X	Q	H	C	J	J	Z	T	G	M	O	B	C	U	T	D	R
O	G	I	N	S	E	V	E	N	T	H	H	E	A	V	E	N	S	P	H

amiable
bright
lover
zealous

opportune
orphan
in seventh heaven
foreman

farmer
earl
love
premier

S	X	W	I	C	X	X	G	N	G	R	H	Y	G	C	N	U	U	N	L	T
Y	K	Z	S	X	F	K	F	B	E	E	E	E	A	C	X	B	U	W	H	Z
U	P	J	Y	A	X	S	L	U	D	Q	B	T	Z	M	L	K	O	A	K	F
S	Q	M	F	R	M	U	U	E	G	Z	F	M	S	S	O	O	Q	C	N	L
T	E	Q	U	W	I	R	M	I	S	P	A	V	W	G	E	V	B	D	K	Q
L	V	N	V	R	J	V	A	X	G	N	N	Q	E	L	N	J	D	Y	Z	X
Z	G	Q	C	R	G	O	L	A	C	I	S	U	M	K	A	U	Y	O	J	D
V	I	Q	T	H	E	S	E	C	N	A	M	O	R	S	T	R	O	P	S	B
N	D	A	Q	N	A	T	V	T	S	E	I	R	P	H	G	I	H	Y	U	B
N	U	B	O	I	J	N	T	E	L	N	L	O	E	X	T	X	E	R	R	U
Y	D	A	Y	K	R	J	T	E	N	S	S	E	R	I	E	H	W	R	L	J
R	F	H	Q	Q	E	V	V	I	B	I	X	B	L	U	J	V	G	H	Y	S
Y	S	U	I	B	R	C	S	A	N	N	H	M	E	R	S	L	R	I	L	F
K	X	F	W	A	L	M	I	Q	J	G	E	S	T	O	F	W	E	M	H	S
U	M	W	R	S	T	X	B	T	F	M	G	E	N	P	S	M	T	D	U	V
M	Z	C	C	Z	B	N	K	M	E	Z	X	G	B	U	K	W	L	L	A	Q
P	K	J	G	G	V	W	P	F	C	H	O	U	W	R	S	N	I	Q	Z	I
B	D	C	D	M	U	N	E	W	F	C	T	C	A	V	E	U	C	B	M	T
X	L	I	F	A	D	T	D	O	A	P	F	A	X	W	X	V	F	T	B	G
L	A	A	J	G	H	J	I	I	Y	Z	S	B	P	S	U	C	E	F	A	O
D	P	Z	L	G	H	B	H	Y	B	Q	H	H	V	A	V	D	G	N	B	A

apathetic
elena armas
high priest
sunshine vs grumpy

sports romance
enchanting
high
never been better

surly
youngster
heiress
musical

P T W I B A R G W K U X N A A D O E M N Z K B
Q S G T A T A N I G F A Q S V G N L D W D B Q
Q P P N M F E X L F S P D S Y L Z H D Y Y K E
Q X D C I N A C L O V Z S S W G R E M H B F F
Y T N E R T B W I A A B L U V L I J X I W R B
T O G I H A A V N E R N T A C R I V Q Y L H D
C N O N E E F D G K I P K J P V U E Q G R H T
Q O D U I T F D P B O W U A O W L M R K I L V
N L E Y J L A I N M L Q E C O X G F D L X X M
V L G B Y L B I W K I N C J S H Q N M C H O E
O P H N T Y L I R D H Y P G U R J S I E T Z J
V H H K F M E D S U I B S A T X M S S G A I Z
X G R R P D C G B S X M G O X K R P D V L K W
V F X A G Q D B Q V D U U Q C P F R Y I I M V
K R V J K Z S N P C W N L J G I C R X X A O B
I I R O G D A N I A T R E C N U A H M L H T L
Z V P A Y D G S F K Z T R I U V N L D F I H N
W P M Q L D N A Q J J D Q O R G L O I J B Z S
G V O K T C O H H G D D C E O F C V K T B K Y
E Q E N C W U K J R A D R I E H T E R C E S Y
K M S V N L U Q I S S X W S I E K S O Y R A W
D H E E A S I A D T K A T D V Q I F E M T X D
N Y L Z A I A I P P M Q S C C J L H O B R P Z

willing
affable
volcanic
best friends sibling
uncertain
socialite
midwife
wary
luxuriate in
talia hibbert
dating
secret heir

L	Z	D	U	N	E	Q	N	R	D	I	R	F	A	K	W	S	W	F
D	N	W	W	Z	R	N	W	X	G	L	T	K	P	U	U	Y	T	M
B	S	H	Z	P	S	P	T	X	J	V	Q	W	L	W	R	P	T	L
R	A	E	Q	H	W	M	D	E	Q	P	J	Z	P	O	Y	R	N	F
A	N	A	L	Z	X	Q	I	F	R	K	J	V	W	X	F	J	B	A
N	O	D	E	V	R	E	S	E	R	T	P	P	F	M	T	D	D	R
C	B	O	W	U	Z	M	A	J	A	L	A	L	U	D	D	I	N	W
H	B	F	U	A	T	A	N	Y	B	Z	L	I	T	H	E	Y	D	P
E	H	S	K	S	L	E	O	I	X	F	M	B	N	D	K	C	G	N
R	U	T	X	E	U	-	M	T	X	I	A	F	B	E	J	R	V	P
G	E	A	U	M	Q	G	N	A	J	B	A	D	L	V	R	I	Q	T
O	A	T	I	O	J	M	V	I	S	A	U	F	W	T	T	F	R	V
O	H	E	S	W	Y	H	L	A	-	Y	M	I	R	Q	Z	N	X	U
C	A	U	F	A	Y	F	E	G	W	R	H	N	Q	J	N	K	U	C
S	W	Q	N	R	M	T	A	A	C	P	E	I	T	Y	W	A	Z	A
N	F	K	L	O	R	D	B	O	I	I	V	T	L	K	R	N	M	T
P	R	K	H	D	O	U	A	T	E	L	G	P	S	V	U	G	T	O
T	C	B	E	D	M	B	X	E	C	S	T	A	T	I	C	K	O	N
A	B	G	N	B	X	W	O	J	H	O	W	J	M	G	S	B	M	I

uzma jalaluddin
entertainer
youth
rancher

sister-in-law
headmaster
magic
reserved

lord
head of state
ecstatic
lithe

L	Y	Q	M	R	L	E	R	N	G	O	N	C	W	W	R	G	M	G	E	E	B	P
R	Z	S	N	U	G	G	C	G	E	N	V	V	O	X	M	U	Q	Y	A	A	T	A
T	L	I	C	S	L	B	N	V	E	R	I	M	R	T	A	M	N	V	L	W	T	C
F	I	I	N	W	V	T	O	I	N	A	D	R	A	K	G	B	N	A	A	A	D	M
B	A	K	T	E	C	H	B	U	S	G	X	L	E	W	I	X	P	N	O	M	D	H
H	P	L	Z	E	G	I	T	T	V	U	C	L	I	V	T	D	F	M	A	F	X	T
Z	Z	Z	U	T	L	A	O	A	T	P	M	O	T	H	E	R	E	L	O	Y	M	C
K	A	P	A	F	S	C	F	S	R	D	T	A	T	F	C	S	K	C	W	W	E	W
T	O	N	D	Q	E	C	A	O	Y	H	E	Z	K	K	Q	P	R	Y	B	I	A	U
G	B	T	E	Y	C	R	P	S	G	W	C	U	G	Z	E	O	E	E	F	B	V	I
V	Q	Q	G	P	U	Y	A	M	P	N	R	W	D	H	G	Z	E	T	P	M	Z	F
E	H	B	H	U	R	P	X	C	Y	E	I	G	M	J	F	Q	R	Z	S	I	Y	U
R	K	G	J	I	I	T	K	C	F	D	F	M	G	U	K	R	E	Y	T	J	M	P
L	B	F	X	V	T	O	G	L	Z	T	T	A	O	C	Y	B	L	Z	E	H	L	R
Z	L	Y	G	D	Y	G	Z	P	V	E	C	R	L	C	U	O	S	Q	X	E	C	E
N	F	M	K	I	G	R	W	G	C	N	S	C	F	L	J	W	H	S	R	Y	O	F
J	N	V	S	B	U	A	N	S	O	E	T	H	E	S	A	V	I	O	R	U	Z	H
Y	L	N	R	D	A	P	A	P	K	Y	P	K	R	S	C	L	O	O	N	Q	P	Q
N	A	I	K	U	R	H	K	D	T	R	T	Q	T	I	B	S	X	A	O	K	S	D
C	S	T	V	Y	D	E	H	U	T	Z	S	A	K	Z	T	Z	Q	X	T	A	T	D
W	F	S	E	V	A	R	G	S	I	V	R	A	G	Y	E	C	A	R	T	W	Y	J
N	N	D	H	A	J	X	C	T	K	G	V	P	O	P	W	A	Z	T	P	U	N	J
Z	W	V	C	J	M	A	X	L	H	Y	T	U	O	D	E	Q	Z	N	Z	U	T	F

sweet
stepchildren
mother
security guard

cryptographer
golfer
careful
amusing

the savior
tracey garvis graves
coming of age
persevering

D	B	N	Q	N	Z	Q	Z	H	E	U	J	Y	S	J	E	O	N	R	E
K	C	G	O	I	S	Q	O	Q	Z	G	V	S	B	O	J	U	Q	W	T
R	V	W	C	G	E	M	A	S	R	J	N	T	M	N	K	A	C	R	H
L	C	Z	N	W	X	F	F	M	T	N	P	I	R	V	D	G	S	A	H
R	T	U	A	Z	W	N	C	J	J	Z	B	R	L	P	Q	I	C	L	E
M	I	C	P	U	B	L	U	P	C	L	W	K	N	L	G	U	B	S	Z
R	I	M	E	T	H	O	D	I	C	A	L	T	C	U	I	I	A	I	A
P	Z	S	R	P	X	Q	Q	R	N	T	L	X	H	L	O	W	U	M	R
N	H	R	T	L	S	Z	Z	L	Z	E	K	T	O	E	M	Y	N	V	I
R	S	U	F	R	O	M	B	L	O	O	D	A	N	D	A	S	H	U	Y
A	C	T	S	W	E	V	U	A	Z	V	J	R	P	W	G	R	E	Y	L
P	E	O	P	Z	B	S	A	C	E	Q	E	L	A	U	I	Y	T	B	Z
J	S	Z	I	W	F	E	S	B	R	F	I	L	B	W	C	H	J	Y	V
J	O	F	W	Q	Y	N	F	G	L	I	E	T	Y	W	I	W	D	Z	S
C	I	M	I	S	E	R	A	B	L	E	C	B	I	A	A	K	C	A	U
W	V	J	X	C	Q	T	Z	R	H	I	B	W	T	N	N	D	K	A	B
L	D	C	P	H	I	L	M	A	E	D	C	Z	E	U	Q	B	E	P	U
S	C	P	N	F	X	O	W	Y	L	T	Y	O	E	U	C	C	U	V	I
L	A	H	R	L	A	K	B	E	N	C	E	T	S	A	Y	N	F	R	D
G	L	J	O	W	V	V	S	S	O	O	Y	V	T	G	F	D	P	U	R

warden
miserable
from blood and ash
lovely

circumspect
hearty
veteran
mistress

unwilling
methodical
magician
lovable

Z	S	G	H	G	X	J	A	T	O	P	B	R	A	S	S	P	P	Y	W
F	J	A	Y	X	V	T	C	L	T	H	F	Q	W	D	E	Q	O	O	N
H	S	O	C	L	O	J	M	I	F	T	B	R	F	J	V	Q	F	G	V
N	S	A	O	V	Q	X	A	J	E	C	D	Z	A	S	B	I	I	M	F
Z	T	I	Z	C	T	T	T	H	O	U	G	H	T	L	E	S	S	S	J
V	A	Z	B	X	U	P	T	M	O	R	H	L	U	F	R	E	W	O	P
V	J	Y	P	G	K	A	T	H	E	R	I	N	E	C	E	N	T	E	R
Y	X	Q	S	S	E	L	K	C	E	R	Y	T	T	E	R	P	C	C	P
S	Y	R	V	T	K	P	Z	P	T	V	Z	D	U	V	V	R	J	U	Y
L	W	D	G	F	S	R	E	V	O	L	O	T	S	E	I	M	E	N	E
B	D	I	Q	X	A	E	D	A	R	T	N	B	V	A	K	Z	M	N	A
H	H	G	G	W	A	W	I	I	W	R	D	A	M	V	H	W	J	U	A
F	S	G	P	R	P	S	G	R	D	L	O	H	E	S	U	O	H	J	H
C	Q	Y	O	Q	C	N	M	V	P	N	I	Y	T	M	B	V	X	N	P
F	S	L	K	Y	R	R	V	T	S	F	A	E	A	Z	S	B	E	M	H
G	I	V	U	B	K	K	L	A	Z	H	C	C	E	M	I	T	S	X	W
T	J	X	V	X	O	R	X	F	F	T	R	K	I	W	Z	W	I	K	P
V	L	M	D	X	K	S	U	U	D	B	A	S	Q	Y	M	W	S	V	S
O	J	Q	F	U	R	W	O	K	Y	N	L	H	N	Q	D	E	J	L	O
A	J	F	Z	W	H	N	S	W	J	A	I	B	H	L	A	U	Q	B	B

candid
mean
advisor
pretty reckless

household
top brass
katherine center
thoughtless

powerful
priest
enemies to lovers
mayor

X	D	C	R	A	F	E	Q	P	L	M	G	V	X	C	N	U	A	J	S	F	L	B	Z
T	J	Y	O	A	Y	L	Q	V	Y	S	H	U	W	H	Q	O	B	X	Y	V	X	P	N
V	Y	K	E	N	S	K	C	V	A	V	A	X	J	M	C	Z	M	Q	P	B	I	O	R
Q	R	E	G	O	T	I	S	T	I	C	A	L	H	Q	Q	S	L	L	T	C	G	T	M
T	H	M	N	P	K	E	B	G	B	R	Y	A	E	X	I	I	A	O	H	N	Q	W	O
E	Y	C	H	M	P	Q	M	W	E	S	O	V	T	M	N	J	E	O	I	B	K	E	D
L	Z	I	P	Z	V	V	X	P	F	U	E	Y	Q	F	R	A	L	Z	A	O	A	L	Z
I	T	H	S	T	P	Z	T	B	O	D	T	A	O	D	D	C	T	J	C	O	C	L	Y
A	G	R	O	R	C	J	U	H	I	R	W	Z	T	I	L	S	Q	P	P	K	V	-	O
L	D	T	O	M	A	O	N	M	U	Q	A	H	P	N	U	M	H	G	B	K	I	R	G
W	M	G	H	A	T	A	O	F	U	H	R	R	X	K	K	V	F	M	G	E	I	E	X
C	P	N	H	Z	Y	S	J	N	P	Y	A	W	Y	P	G	K	P	P	F	E	F	S	Z
S	E	L	B	A	I	L	E	R	B	R	W	W	H	R	A	P	Q	G	R	P	J	P	W
R	Q	Z	K	T	N	A	S	A	E	L	P	H	V	S	O	S	B	Z	E	E	X	E	O
Z	Y	M	M	I	F	F	W	J	S	H	H	M	A	N	I	M	A	T	O	R	T	C	M
B	Z	L	Y	G	Y	D	F	L	L	M	C	Z	A	R	I	N	A	V	E	P	E	T	I
M	T	Z	W	P	I	Q	Q	S	R	H	C	T	I	L	F	D	A	N	V	P	P	E	Y
U	R	J	K	Q	T	B	O	P	X	A	M	H	I	B	E	O	D	M	C	J	M	D	U
S	M	W	G	K	O	X	P	J	K	D	L	M	L	P	E	P	W	E	Y	E	I	D	A
L	X	V	F	P	G	D	A	W	Z	A	H	K	G	Y	Z	V	R	Q	A	D	H	H	S
Z	V	Z	R	B	U	W	D	Y	P	Z	D	J	V	M	I	N	L	C	C	J	N	D	M
X	U	M	Y	X	J	N	Z	A	D	C	Y	G	C	J	H	C	R	A	I	R	T	A	P
L	A	R	L	E	F	S	F	Q	Z	L	H	Y	I	V	F	D	Z	L	P	T	R	D	H
J	H	H	V	Z	V	X	Y	W	R	F	Q	M	C	T	X	L	Q	Q	J	B	W	P	E

czarina
patriarch
egotistical
contemporary romance
pitcher
pleasant
bookkeeper
animator
reliable
pretty
well-respected
handyman

G	C	Y	R	E	Z	C	T	R	M	O	S	L	N	Z	A	M	J	G	M	B
B	K	W	F	M	L	O	V	E	O	N	T	H	E	E	D	G	E	O	F	G
P	J	Q	X	P	K	V	U	E	N	J	X	E	O	W	A	T	F	O	H	C
G	E	Z	E	B	M	W	W	C	V	S	H	X	I	I	D	K	Z	C	I	O
X	K	V	A	Y	Z	R	C	I	F	Z	B	E	C	J	M	R	O	K	T	B
H	P	U	F	T	S	L	S	O	H	O	A	B	K	C	H	X	C	Q	Q	K
O	X	I	R	I	Y	S	Q	W	N	C	S	G	X	N	S	C	H	P	R	I
Q	Y	K	X	L	S	Z	Q	L	B	C	K	T	X	L	F	X	T	A	S	I
V	I	G	I	L	A	N	T	X	D	K	E	R	E	I	Z	P	Z	M	X	W
S	G	X	R	I	G	N	E	B	R	N	T	I	Z	R	M	K	U	G	M	K
N	H	S	P	F	P	Z	R	F	F	U	B	C	T	U	C	O	O	D	S	I
M	A	M	V	D	Y	M	C	E	U	P	A	Y	S	E	S	H	R	N	Z	S
O	Z	N	P	G	E	W	A	H	T	M	L	I	Y	A	D	D	I	Y	L	F
Q	X	J	Y	C	B	L	D	R	A	A	L	V	K	Z	X	Z	D	L	V	X
V	R	Z	D	S	A	U	I	S	R	P	P	J	D	V	C	D	Q	Q	D	D
E	W	V	M	Y	T	Y	B	C	H	I	L	K	Z	A	Y	J	M	I	L	Y
F	G	U	B	D	S	E	C	B	A	M	A	A	O	G	I	C	N	G	B	D
I	P	I	H	I	S	M	P	L	B	T	Y	G	I	T	G	J	A	O	H	L
E	M	V	T	I	I	O	T	D	T	C	E	E	E	N	M	T	T	T	V	V
O	Z	Y	L	M	G	C	L	E	A	N	R	O	M	A	N	C	E	Z	Q	R
F	U	R	U	D	Z	P	B	T	N	D	J	B	K	R	M	C	Z	T	G	W

foster child
basketball player
conceited
vigilant
chaplain
paternal
marriage
buff
stepdad
love on the edge of
clean romance
delicate

G	A	P	D	Z	G	M	Y	L	K	V	I	A	I	R	Z	Z	X	E	P
O	E	W	N	J	U	X	J	F	T	D	X	K	O	I	R	M	J	O	N
J	R	N	I	I	L	A	I	N	E	G	E	X	B	V	H	A	F	O	W
P	Z	A	C	P	S	R	M	R	C	I	E	D	V	E	N	R	O	F	Q
K	R	Q	S	W	Q	C	A	P	T	A	I	N	R	H	D	R	G	D	L
F	V	E	S	T	J	R	P	R	H	B	T	E	O	A	U	I	C	S	J
E	T	K	S	H	R	O	W	R	W	Y	W	S	X	L	U	A	D	I	J
U	W	V	B	T	O	O	M	U	U	A	N	T	B	E	U	G	H	M	O
O	N	Z	H	M	L	Z	N	O	K	S	E	H	M	I	B	E	O	T	Z
S	S	U	U	W	I	E	D	G	Z	H	W	G	G	J	I	F	A	V	L
Z	W	T	V	O	D	D	S	L	A	Y	W	E	O	S	Z	G	Q	I	N
X	I	Q	E	Z	L	R	X	S	O	N	I	W	S	X	N	O	A	H	O
E	D	R	Q	N	M	P	A	Z	P	V	D	E	H	U	Y	S	R	H	A
S	H	D	T	I	T	R	F	U	I	T	E	S	R	C	A	U	B	T	Z
O	J	Q	J	O	R	A	I	Y	G	M	R	-	I	T	W	W	J	W	Z
V	T	Z	G	X	H	N	T	T	S	E	I	P	L	L	T	L	Y	D	U
F	J	K	A	D	S	H	I	I	J	K	F	V	B	O	E	I	E	W	M
J	J	F	U	G	P	M	P	U	O	R	K	I	V	R	R	N	W	Y	K
Y	X	F	N	X	K	P	I	A	S	U	D	E	L	F	I	N	T	G	G
J	K	D	N	C	L	N	N	R	A	S	S	E	V	O	Q	V	N	D	N

restless
tsar
elfin
nest

ostentatious
lifeguard
marriage
strong and silent

captain
love-lorn
guarded
genial

P	E	Y	Q	W	I	U	K	F	O	C	W	P	A	Q	K
E	B	V	Y	B	K	C	D	M	B	H	V	I	N	U	G
R	Z	F	W	X	R	E	E	N	I	G	N	E	U	B	Y
S	C	Z	V	Q	A	O	B	X	A	D	J	D	S	F	R
N	I	O	O	N	T	X	T	P	I	I	C	H	L	Y	J
I	M	Q	M	K	A	E	H	H	Q	V	N	D	U	S	R
C	P	A	P	P	P	M	D	C	E	O	U	R	Y	L	A
K	A	S	T	R	O	N	O	M	E	R	U	P	M	H	A
E	T	O	D	V	X	S	C	W	I	C	D	Y	J	H	V
T	I	W	N	Z	K	A	E	C	Y	E	W	L	Q	P	E
Y	E	U	W	E	X	I	S	D	O	G	D	A	I	Y	W
I	N	T	O	L	E	R	A	N	T	N	R	D	R	H	J
O	T	G	C	P	Q	D	C	I	N	O	M	E	D	X	C
N	M	F	G	R	E	S	P	E	C	T	F	U	L	N	G
N	T	G	K	M	W	A	Z	I	R	L	I	Q	A	C	J
F	E	J	T	Y	M	N	Y	F	V	E	T	K	B	X	V

divorce
child
intolerant
engineer

astronomer
clergywoman
demonic
composed

brother
impatient
respectful
persnickety

E	N	T	C	A	P	E	G	A	I	R	R	A	M	E	H	T	A	U	R
L	U	V	R	H	I	H	G	Y	Z	Z	H	E	J	J	W	R	A	S	R
Y	K	M	T	E	N	P	H	C	E	F	X	X	O	U	C	F	M	M	F
P	L	O	P	O	T	S	T	S	A	L	E	N	O	T	G	J	D	I	G
K	J	D	I	J	E	S	N	V	X	A	I	P	G	O	H	J	Y	A	F
A	S	Y	N	K	L	G	I	R	W	G	B	A	I	B	P	I	W	A	G
V	L	K	O	E	L	C	C	S	I	X	H	G	B	Z	H	Q	P	I	T
W	C	Z	T	Z	I	T	E	T	-	J	Z	M	V	A	V	R	H	F	U
D	W	H	R	L	G	R	X	I	W	F	G	K	Y	J	S	Q	L	L	U
F	Q	B	A	Q	E	I	F	D	V	U	L	K	J	C	K	S	B	S	Z
X	S	P	N	G	N	J	P	N	K	S	O	A	D	N	J	G	E	V	M
K	L	L	E	H	T	M	O	F	U	S	R	G	H	S	U	P	Y	T	A
N	T	W	K	A	Q	A	C	K	U	E	I	K	Y	O	Y	B	U	V	T
X	Z	I	R	Q	I	R	S	H	F	X	O	F	V	Z	O	L	Y	G	J
F	S	O	U	V	E	L	C	K	A	W	U	F	H	F	R	E	O	L	J
R	W	I	O	C	G	T	E	B	L	I	S	S	F	U	L	N	Y	Z	F
Z	Q	Q	U	B	J	U	T	G	H	F	R	S	T	Z	I	S	W	M	K
I	J	A	S	Q	Y	A	C	G	E	E	V	M	Z	Q	Y	E	E	E	J
I	H	Z	Q	U	R	E	K	O	R	B	N	W	A	P	B	Z	X	I	W
F	U	J	O	N	M	O	T	X	L	G	J	B	T	N	S	Q	I	F	Z

intelligent
half-sister
chairman
blissful
the marriage pact
glorious
one last stop
pawnbroker
tessa bailey
ex wife
unfriendly
nice

B	I	T	S	X	W	W	M	R	J	V	P	F	S	C	E	V	B	N	S	T	W
A	I	Y	D	A	C	Z	J	U	U	R	V	R	D	I	H	L	R	Y	K	F	V
F	L	J	E	G	P	Q	A	L	F	B	V	U	F	J	Y	W	Z	Z	N	F	S
H	F	I	T	R	Z	L	H	A	S	R	A	T	Z	T	K	H	N	H	D	Y	R
J	T	D	H	E	A	M	A	N	A	G	E	R	C	N	G	I	F	G	X	K	D
R	A	Y	A	E	U	A	V	M	R	K	S	G	Y	F	D	I	V	O	Z	H	D
K	G	E	T	A	R	Z	N	E	N	B	M	Y	N	R	J	H	S	B	Z	L	B
Y	A	E	S	B	P	Y	S	I	T	E	Q	C	E	E	Y	Q	C	E	G	U	I
N	S	X	N	L	P	S	F	C	F	A	L	C	O	F	S	Z	O	X	G	M	P
L	H	S	D	E	X	A	C	T	I	N	G	L	B	C	Q	S	P	J	D	Z	P
V	W	W	E	Q	R	P	Y	A	E	Y	Y	B	E	D	U	W	E	L	E	W	K
Q	A	U	K	H	T	A	L	S	R	O	O	Z	Y	I	D	K	R	M	F	Y	N
L	L	I	Y	W	C	T	L	S	T	S	R	H	O	U	D	C	K	I	J	Y	J
F	I	Q	W	C	T	U	X	W	P	X	S	B	V	B	K	O	Y	K	Q	Z	T
J	L	H	V	A	C	Y	D	P	L	N	D	Q	K	W	A	U	J	X	X	N	V
F	O	X	T	J	M	W	W	D	M	T	E	H	U	M	E	N	T	G	Y	U	E
X	U	Z	D	T	V	U	G	V	N	F	P	L	H	J	U	S	J	J	C	O	F
D	A	H	L	W	P	T	V	I	N	A	H	O	L	I	D	A	Z	E	E	T	S
Q	N	V	H	N	D	B	O	S	V	D	R	J	B	U	M	M	M	E	B	Q	I
S	N	D	T	R	J	V	A	I	E	R	W	G	I	Y	S	U	E	J	S	Z	L
R	O	C	H	J	Y	M	X	S	F	A	G	F	V	F	Q	S	P	O	F	V	U
V	I	T	H	E	L	O	V	E	H	Y	P	O	T	H	E	S	I	S	W	I	V

sullen
scars
perky
in a holidaze

general
the love hypothesis
messenger
jodi ellen malpas

agreeable
exacting
manager
grand duchess

U	P	B	Q	R	M	T	N	A	S	A	E	L	P	N	U
S	D	M	N	L	I	Y	I	B	V	I	D	U	Z	J	R
P	B	U	Q	T	U	S	R	J	L	J	D	Y	U	I	N
K	O	A	K	E	E	F	T	R	U	J	Q	W	U	O	D
V	G	J	F	E	S	T	I	M	U	L	A	T	E	D	Q
O	R	V	E	Y	E	F	I	T	X	N	I	B	U	I	Q
D	I	T	X	S	P	R	P	P	U	T	P	J	A	L	F
K	B	N	R	P	H	I	F	F	H	A	K	F	P	O	T
Y	N	K	B	N	L	E	O	E	G	D	E	R	I	T	T
U	H	Y	X	F	G	N	J	Q	R	D	E	B	W	J	D
Z	Y	Y	O	C	E	D	I	Q	A	A	G	T	H	J	L
A	O	J	Y	H	P	L	B	I	V	D	C	X	I	S	T
H	S	V	M	V	N	Y	A	T	E	W	J	I	W	D	B
I	R	N	V	C	I	H	G	Z	V	Y	N	D	V	I	H
K	Y	K	I	F	Q	G	E	S	S	E	N	H	G	I	H
Y	I	P	D	C	I	M	P	R	A	C	T	I	C	A	L

friendly
civil
carefree
grave

beautiful
stimulated
highness
unpleasant

dad
duke
tired
impractical

R	M	C	S	L	G	X	E	S	P	G	D	E	D	F	M	G	X	Y	A	P
A	L	I	U	F	T	Z	H	C	P	T	C	C	C	W	J	N	S	E	V	E
V	I	I	R	F	F	M	Q	Z	N	R	E	L	A	T	I	O	N	S	P	H
U	H	J	F	R	E	E	T	V	S	A	M	G	X	N	C	U	T	I	Q	M
A	O	B	H	L	V	S	V	K	X	R	M	C	R	F	I	F	L	Y	M	N
H	W	A	Z	P	A	N	J	M	G	P	Z	O	H	E	H	A	C	H	I	A
R	H	J	Y	O	X	T	M	E	E	M	A	Q	R	N	I	Y	T	O	U	O
N	A	V	L	F	Q	G	L	G	E	O	P	Y	W	Y	S	C	Z	P	T	N
U	S	K	K	E	D	B	X	X	H	T	X	W	M	T	C	N	N	Z	A	I
Z	Y	Q	T	J	W	U	A	E	G	G	B	J	M	Q	V	I	G	O	Q	C
I	E	R	I	H	U	V	K	U	H	E	T	K	N	Z	L	K	P	L	C	A
C	D	P	E	T	V	Y	X	H	P	X	Z	R	H	E	K	F	O	S	M	E
O	P	G	W	K	W	J	M	J	S	X	E	K	D	H	G	I	R	L	H	P
I	L	F	R	O	L	L	O	H	S	U	P	E	R	C	I	L	I	O	U	S
A	T	G	S	I	T	A	R	L	I	W	C	Q	H	I	H	O	Q	T	T	L
M	G	N	Z	O	L	S	T	K	R	N	W	O	J	T	V	P	C	H	H	P
S	S	P	X	G	X	R	E	Y	F	X	B	C	G	P	E	E	P	F	G	I
H	E	X	C	E	H	I	N	N	T	A	P	A	A	Q	V	R	B	U	B	F
N	G	G	V	I	F	I	Q	P	R	R	Q	J	X	A	U	S	N	L	X	B
A	L	P	A	R	Z	J	P	F	C	A	I	Q	B	S	N	X	N	E	U	W
X	C	T	I	W	A	R	R	A	N	G	E	D	M	A	R	R	I	A	G	E

arranged marriage
relations
supercilious
captain
blue
spicy romance
dirty talker
the ex hex
concierge
earnest
genre
slothful

B	Z	V	W	Q	E	H	C	E	N	E	C	N	P	T	P	A	E	D	E	U	M	B
G	M	G	E	P	Q	H	F	G	B	H	H	O	C	O	D	J	K	Y	P	Z	Y	S
R	F	X	E	W	I	V	Z	R	S	D	S	R	X	J	Q	K	L	S	S	C	N	I
J	F	Q	W	C	M	W	S	R	Z	G	C	M	X	L	W	Z	E	N	D	G	P	W
U	E	S	O	J	N	K	O	O	G	O	E	A	H	J	B	L	I	V	P	X	W	Q
H	C	S	F	F	F	A	I	R	Y	T	A	L	E	R	E	T	E	L	L	I	N	G
D	H	I	C	M	W	G	M	R	M	P	N	T	Q	M	U	B	S	W	I	T	Q	I
B	H	O	W	C	L	A	N	O	I	T	O	M	E	N	U	O	T	I	G	W	S	F
X	E	Z	T	N	N	A	S	X	R	B	L	M	B	E	V	X	W	M	T	F	X	W
G	M	L	K	W	X	I	U	N	D	Y	Q	E	R	P	M	C	A	T	Z	R	D	U
P	T	A	C	H	U	F	E	R	E	Y	C	U	E	L	P	I	C	D	P	V	A	A
E	R	L	L	Y	Q	J	N	W	X	U	R	N	P	W	H	A	B	L	C	L	R	L
R	Y	Y	H	C	K	P	S	V	J	C	L	D	E	Q	R	A	R	F	G	E	K	M
D	T	X	S	H	A	T	V	W	U	X	I	H	P	G	I	E	E	T	N	A	S	Y
I	O	O	T	O	G	S	C	X	H	P	U	F	E	R	E	M	B	I	N	A	E	X
A	D	H	Y	O	C	Z	A	Y	H	B	Y	Z	B	B	A	R	H	A	F	E	C	P
V	W	U	N	S	Q	O	F	Y	Y	M	O	X	S	P	F	X	A	R	P	W	R	H
R	N	N	H	E	W	E	L	I	P	S	A	H	N	P	F	K	R	X	C	W	E	S
J	H	R	S	H	C	S	W	O	W	P	S	H	N	I	Q	M	E	A	W	V	T	W
F	M	S	G	M	H	D	P	H	N	X	A	H	H	D	W	V	X	V	D	F	R	K
H	F	I	R	E	F	I	G	H	T	E	R	H	W	Y	Z	D	C	U	D	D	E	O
M	Z	Q	W	F	O	C	M	C	X	P	L	N	S	E	K	O	P	R	E	S	O	N
Z	F	H	X	N	S	O	P	H	I	S	T	I	C	A	T	E	D	M	I	M	F	W

partner
normal
artist
dark secret
fairytale retelling
regency romance
as happy as a clam
colonel
unemotional
firefighter
sophisticated
why choose

L	A	E	V	K	X	Q	Y	P	V	V	Z	R	Q	N	I	A	P	F	Y	Q
L	K	M	G	P	M	R	R	X	M	B	W	K	D	M	S	R	R	I	S	Q
R	F	T	R	C	M	Q	W	H	S	M	D	Z	B	N	O	D	R	B	W	Y
R	K	M	H	Z	P	K	X	N	D	V	B	I	O	L	T	F	S	J	U	E
D	E	L	E	G	S	M	E	J	Z	G	F	B	J	J	H	I	K	G	C	M
P	P	C	R	F	I	I	X	N	N	G	E	A	T	L	D	L	J	B	Z	I
R	B	B	I	C	M	L	U	F	E	C	R	U	O	S	E	R	J	S	V	D
I	Y	Y	T	F	J	M	E	F	M	P	Z	V	B	G	P	V	Q	P	L	X
V	J	V	A	T	F	H	V	D	I	S	R	U	P	T	I	V	E	W	I	T
A	R	A	G	R	Q	O	V	H	E	M	F	Y	G	X	R	Q	X	W	L	L
T	D	V	E	Y	Y	V	F	J	C	T	F	E	H	I	N	P	C	R	L	O
E	Q	O	W	F	I	S	H	O	U	T	O	F	W	A	T	E	R	Z	L	E
D	D	Q	C	B	H	D	W	V	J	V	A	V	G	K	U	R	K	L	K	J
E	C	I	U	W	R	J	F	R	Q	E	S	W	E	B	X	O	Z	H	C	H
T	X	U	R	W	B	K	T	K	S	C	P	J	O	D	M	E	S	X	X	D
E	G	P	S	B	Q	R	C	Q	J	Z	K	T	B	T	Y	L	P	N	C	M
C	T	N	E	D	N	E	P	E	D	N	I	P	G	L	E	M	X	G	M	D
T	R	V	D	N	E	U	K	R	S	W	B	P	G	E	R	N	Z	V	Q	T
I	P	S	D	E	H	G	F	P	R	B	U	Y	C	C	V	Q	O	F	D	B
V	M	O	N	O	T	L	L	O	O	A	P	Z	Q	A	U	S	R	O	R	C
E	Y	S	R	N	Q	I	Q	Z	B	W	G	W	O	Y	V	C	C	W	B	D

private detective
fish out of water
disruptive
heritage

independent
delight
devoted
officer

one to watch
cursed
bride
resourceful

K	B	L	R	F	S	V	S	D	B	I	S	B	O	O	I	I	A	Z	J	Z	Z
G	S	G	G	S	Z	W	O	G	J	N	Y	W	Y	F	U	C	E	U	N	P	W
E	F	P	S	O	N	A	G	J	D	S	V	K	D	X	G	A	D	K	L	F	O
V	I	B	S	H	A	S	T	E	P	M	O	M	M	E	D	I	A	Y	M	P	O
J	M	A	S	A	P	R	E	S	I	D	E	N	T	I	T	W	B	W	L	Q	X
R	Z	Y	Q	W	N	Y	K	S	I	E	A	H	E	F	P	C	N	G	W	P	Z
A	A	V	T	X	K	E	S	U	P	G	E	L	Q	E	P	I	E	U	O	M	O
S	F	A	Y	I	L	P	X	Y	C	C	O	I	S	E	V	Z	R	P	R	R	H
N	A	Q	W	V	L	A	X	A	D	C	E	L	L	G	H	Y	O	G	S	C	A
B	V	T	E	C	H	I	L	D	L	I	K	E	O	W	S	U	X	C	H	E	Y
S	Z	W	O	M	M	D	B	F	Z	T	W	A	P	I	B	R	H	C	K	X	R
P	M	T	Q	E	Z	D	F	O	L	E	A	U	P	R	B	Q	Q	B	I	P	B
D	K	Z	G	O	R	N	P	G	N	S	J	T	Y	P	H	O	J	X	Y	C	S
S	U	R	D	N	B	I	S	K	J	G	Y	U	I	S	D	C	U	V	Q	E	F
T	X	Z	V	G	I	G	A	M	X	H	X	D	J	O	L	A	T	A	C	F	W
N	X	L	M	F	G	K	W	N	L	W	E	S	Q	M	N	X	R	Z	Q	G	I
C	Y	M	O	J	D	T	N	X	O	E	F	P	S	J	V	O	W	F	R	T	N
B	W	H	L	X	X	G	N	I	R	I	P	S	N	I	N	P	F	A	Z	O	L
L	V	F	E	V	Z	R	N	J	H	F	L	J	Z	B	E	L	F	L	P	Q	F
F	L	O	Q	E	M	I	V	H	C	T	I	L	Z	G	Y	K	P	F	A	E	P
X	E	O	K	H	I	R	A	V	R	W	N	J	I	R	X	P	Y	F	J	R	S
K	S	K	N	T	L	F	F	B	K	K	M	U	I	B	R	S	H	G	X	R	H

childlike
stepmom
inspiring
unthinking

biologist
aide
billionaire
nobility

sloppy
respected
president
an exaltation of lar

M	Y	O	U	H	A	D	M	E	A	T	H	O	L	A	P	D	P	V
X	T	K	W	O	E	L	E	Y	L	A	H	A	T	T	A	R	M	Z
N	Y	Q	Q	R	R	M	N	P	P	F	R	G	Q	K	O	U	S	K
F	Y	P	W	J	B	Q	J	D	J	T	G	S	A	B	J	K	E	A
F	X	W	L	G	P	C	O	Z	T	D	F	B	A	V	X	N	J	X
M	I	S	M	H	Y	L	Y	M	S	J	R	V	K	M	F	V	I	N
D	E	M	X	O	A	L	A	M	E	M	A	P	D	R	F	A	R	L
Z	Z	T	R	I	T	X	B	C	J	U	Z	P	T	Q	X	Q	N	M
Z	X	L	A	S	X	H	L	L	I	B	R	A	R	I	A	N	A	A
X	R	H	O	S	B	J	E	U	S	L	M	U	L	O	Q	R	R	F
D	Q	N	N	W	Q	S	F	R	F	Y	Z	R	G	N	U	I	R	L
E	E	R	U	E	T	A	R	U	A	T	S	E	R	R	W	D	B	H
O	H	D	C	O	F	F	F	C	M	R	N	D	Q	K	S	K	X	M
L	R	W	I	L	U	G	O	U	N	D	A	E	Y	F	M	K	N	G
A	A	U	S	S	R	V	S	Y	P	Y	T	T	S	M	R	N	J	K
J	L	Y	D	Q	-	D	O	Z	T	K	K	E	J	E	Z	K	R	M
U	S	M	O	Z	I	E	T	V	D	R	G	L	N	X	R	F	Q	N
D	H	X	T	F	Q	J	N	E	L	Y	A	I	I	R	K	Y	Z	P
P	K	C	P	G	Z	E	Q	O	P	Y	W	P	C	Q	X	N	G	M

party of two
you had me at hola
leylah attar
resentful
guru
lame
enjoyable
proud
librarian
one-sided
mother
restaurateur

Z	Y	J	K	O	W	M	O	O	L	E	E	N	Y	D	Z	L	O	E	L	S	F
U	I	A	L	M	O	X	F	K	J	A	E	T	T	R	H	E	B	H	Q	N	N
I	A	X	W	W	B	Y	V	J	Z	B	E	E	L	B	A	X	U	C	W	A	H
X	A	T	C	E	R	C	F	W	D	Y	Y	L	U	F	H	C	T	A	W	B	H
D	F	G	Y	H	H	F	T	R	P	R	I	M	E	M	I	N	I	S	T	E	R
A	A	C	E	K	N	T	A	C	G	K	A	K	F	W	T	V	L	V	J	D	J
J	F	S	H	C	G	N	N	S	I	L	R	V	J	C	Y	B	L	E	G	S	J
S	W	T	E	W	Q	Z	F	I	U	S	H	C	Q	B	E	P	W	I	C	C	G
G	K	W	T	I	S	M	O	F	G	O	W	P	K	Z	C	T	O	W	O	K	J
K	R	X	H	O	M	E	E	V	U	N	L	P	O	A	U	R	R	O	B	W	Y
C	V	C	G	T	F	E	I	M	E	Y	I	V	I	R	O	O	E	E	U	O	F
S	T	Q	J	E	K	P	N	L	Y	R	K	H	A	A	E	H	A	H	N	Y	E
G	D	N	D	Z	I	S	R	E	V	O	L	O	T	S	E	I	M	E	N	E	N
S	Y	O	N	H	A	P	I	K	R	K	I	O	U	E	V	D	R	A	N	I	V
F	A	U	F	W	R	R	K	B	Y	F	M	T	R	U	M	E	I	U	U	N	P
N	C	N	Y	L	C	Z	Z	P	L	C	I	Z	G	D	E	O	H	U	O	V	S
Y	Q	S	Q	P	Q	A	W	P	R	I	Q	I	O	G	A	H	S	N	G	C	B
G	N	N	N	L	U	F	P	L	E	H	N	U	L	U	J	F	Q	P	G	I	U
Q	U	N	P	D	B	O	Z	H	N	Z	P	G	O	A	U	X	H	R	F	R	U
I	S	Q	K	N	V	M	V	U	O	D	M	J	C	F	D	Y	Q	Z	Z	X	K
G	D	B	M	I	J	O	K	D	I	Z	O	Z	S	A	D	X	Y	Z	P	S	E
K	P	I	A	A	J	A	Q	C	P	N	F	S	W	M	T	F	Z	P	N	J	O

unhelpful
home
courier
enemies to lovers

something in the way
sibling
watchful
frenemies

vicar
prime minister
guide
overlord

H	W	X	O	K	P	S	P	M	B	W	S	M	I	L	I	N	G	I	Y
Y	U	H	B	P	Z	X	Y	M	N	H	L	O	N	Q	G	E	R	N	S
R	N	W	E	U	G	U	M	U	O	F	O	Q	N	N	Z	C	G	Z	L
R	E	E	A	A	M	A	B	A	G	D	V	X	W	M	M	O	K	Y	I
H	B	D	Y	O	R	L	L	I	U	G	E	N	I	M	S	A	J	X	H
U	W	D	M	M	N	T	Q	D	Y	D	N	S	X	O	H	T	Z	D	J
M	J	I	U	C	E	K	E	F	I	P	L	T	T	T	U	Q	J	F	S
O	F	N	V	W	C	X	M	N	G	W	Y	Y	W	Q	X	L	S	L	X
S	A	G	K	N	E	R	D	L	I	H	C	Y	K	N	X	L	Q	N	B
F	B	M	T	R	O	P	P	U	S	N	G	R	O	O	M	O	L	P	G
S	E	C	M	D	S	Q	J	S	W	H	G	H	A	Y	A	K	S	J	Y
C	A	M	F	Z	E	W	N	T	U	R	K	L	T	B	T	W	F	C	D
K	E	W	U	P	P	H	O	F	E	O	U	X	Q	M	B	A	F	A	K
G	R	V	M	L	V	L	Z	P	Z	G	R	T	X	S	U	Y	U	K	O
E	U	L	B	B	G	A	V	O	T	G	X	D	W	I	O	I	G	Y	O
M	U	V	H	Z	W	K	M	C	L	X	S	A	N	Z	N	C	C	P	Q
R	C	Y	D	C	F	H	Y	A	V	I	W	U	P	O	R	Z	Q	T	B
V	R	V	Z	I	X	I	D	F	Z	I	G	W	T	T	W	U	G	N	W
P	K	Y	P	Y	A	E	P	O	B	D	F	L	P	P	S	U	K	Z	N
V	Z	S	I	H	Y	U	W	V	C	E	P	W	X	N	Z	A	N	T	M

support
crabby
jasmine guillroy
slovenly

wondrous
smiling
modest
children

heartening
groom
lust
wedding

H	W	A	Y	G	Z	S	G	E	S	Q	A	J	B	A	H	G	C	V	Y
N	H	K	Z	E	O	R	L	R	A	H	B	V	P	D	Q	F	D	B	J
U	A	U	W	J	C	S	N	J	U	Q	W	G	I	I	G	H	K	P	T
U	J	I	V	M	R	V	U	F	W	U	L	H	A	F	Q	B	V	S	Z
G	S	N	C	K	F	D	W	X	D	I	E	N	Y	X	H	K	T	H	E
K	Z	R	I	I	T	W	N	P	G	U	L	Q	I	P	I	M	T	V	R
V	V	Z	E	W	N	J	D	A	W	L	D	T	P	Y	H	W	L	C	H
W	Q	B	W	V	T	H	U	T	Q	A	Z	O	J	L	I	S	C	A	T
N	J	W	D	K	O	L	C	I	P	T	W	G	Y	V	M	Z	H	V	V
G	E	O	N	A	E	L	A	E	E	Y	L	W	W	I	H	K	G	I	K
K	P	M	Y	E	T	Z	O	N	T	W	C	Z	Q	H	G	X	Y	M	O
V	B	I	H	P	P	I	J	T	R	M	C	N	X	Q	S	V	K	L	M
P	P	C	P	Z	T	F	F	L	S	E	F	S	A	K	R	V	O	R	N
H	A	G	Y	Y	V	Z	P	I	Q	D	T	C	H	F	Z	A	C	M	W
E	W	R	N	O	B	S	X	R	C	O	N	A	J	O	N	H	E	C	Y
B	D	G	E	L	B	A	N	O	I	S	S	E	R	P	M	I	U	G	W
O	A	N	A	N	X	Z	R	P	T	T	B	N	I	F	X	N	F	B	F
D	B	K	R	E	T	I	R	W	P	U	N	W	O	R	G	F	B	N	G
T	F	D	E	L	I	G	H	T	E	D	E	A	H	N	F	I	T	I	R
B	O	E	O	R	O	N	N	R	Q	Z	T	S	V	L	E	U	X	J	G

infancy
fraternal twin
delighted
writer

friends to lovers
technician
patient
baker

parent
impressionable
lean
grownup

I	R	D	D	S	X	Z	D	E	R	U	T	A	N	D	O	O	G	C	O	J	E
F	V	T	G	A	E	A	S	Y	-	G	O	I	N	G	G	K	Q	V	C	N	M
W	Z	S	Y	X	F	G	U	V	Q	Q	R	O	T	A	C	U	D	E	U	G	A
D	R	Z	Q	N	Y	P	A	N	M	C	U	Q	U	N	L	C	N	A	T	R	D
W	O	E	L	V	E	S	S	I	L	Z	D	R	Q	N	P	Y	P	B	W	T	T
X	A	E	R	R	T	G	G	Q	R	O	J	D	J	Y	W	G	T	S	G	E	Z
F	D	L	G	J	S	Q	L	P	U	R	E	B	E	I	Z	C	M	I	S	D	W
B	T	R	-	A	Z	B	Z	S	Z	L	A	W	N	V	M	R	X	N	C	P	H
B	R	R	A	N	E	E	K	C	R	J	O	M	J	K	M	X	N	H	Z	A	A
W	I	W	P	V	I	N	L	L	H	Q	F	R	E	A	E	P	H	E	Z	S	L
F	P	P	U	C	Y	-	I	B	X	V	S	U	R	L	S	E	S	O	D	Q	P
P	P	X	U	C	L	X	R	L	A	S	W	V	B	D	B	U	M	W	E	E	G
H	U	M	Q	E	U	Y	Y	E	L	T	U	Z	P	Z	C	A	A	M	Z	E	I
Y	T	Y	U	M	M	K	R	B	H	I	S	N	P	L	H	B	R	O	K	H	K
Q	O	N	X	J	L	Q	H	E	A	T	U	N	O	K	G	C	K	O	L	X	N
D	Q	B	Z	G	G	M	O	T	B	D	O	M	U	C	Y	J	T	G	N	R	D
D	U	P	E	N	E	L	O	P	E	W	A	R	D	U	N	V	X	A	W	O	J
O	B	V	K	N	B	P	N	U	T	S	R	R	B	P	C	U	L	C	F	N	H
F	U	R	S	T	Q	O	R	B	A	R	V	V	I	N	D	N	C	L	B	C	G
T	T	H	A	A	C	Z	A	E	S	J	H	W	X	U	R	Y	Z	T	J	S	H
H	Z	P	G	C	I	H	N	V	E	E	I	W	X	Q	H	A	T	W	J	M	W
S	U	I	E	E	X	A	X	X	R	C	U	L	L	Z	U	V	S	F	F	G	W

lineage
easy-going
brother-in-law
analytical

unstable
educator
heat
road trip

honorable marriage
penelope ward
keen
good natured

W	S	R	V	V	B	G	Y	L	P	U	S	Z	U	J	Q	V	A	S	I	B
L	S	V	V	W	J	B	T	Y	O	R	T	Y	I	Q	Q	G	W	P	A	H
K	Y	D	K	A	O	N	O	H	Q	X	P	M	F	L	N	D	D	N	R	E
N	L	S	Y	O	Y	B	V	K	E	K	I	O	V	L	M	Z	X	F	J	P
Z	V	F	J	P	O	H	G	Y	N	B	Z	F	Q	D	D	D	I	C	V	U
R	J	I	O	J	U	C	P	S	F	X	R	M	N	C	J	V	A	T	X	N
L	G	S	A	S	S	J	P	L	T	K	A	I	T	O	O	H	X	C	B	U
H	O	F	J	C	T	H	X	H	O	M	U	S	D	U	R	P	R	W	Y	G
J	T	R	I	Y	G	E	V	Q	P	C	F	Y	G	E	B	K	D	G	L	P
L	S	L	O	D	F	D	R	I	A	Y	A	X	S	Q	T	Q	V	F	A	Z
C	V	Q	U	I	C	K	B	F	R	S	U	G	J	Y	Y	E	Q	I	G	Y
H	C	R	D	D	J	X	D	R	A	P	T	O	D	P	E	Y	S	B	C	S
Z	S	R	Z	M	A	W	H	C	L	T	O	L	I	P	T	S	E	T	E	W
V	G	A	J	J	I	W	P	G	E	S	H	J	X	P	X	E	F	H	S	K
Y	G	A	X	V	B	L	E	C	G	P	H	E	D	E	J	Z	H	F	I	M
D	O	W	A	R	A	M	D	N	A	N	E	S	R	A	L	.	K	P	C	S
D	B	N	A	S	M	A	I	L	L	I	W	A	I	T	S	V	I	A	X	R
C	P	N	U	G	Z	Z	C	M	O	N	O	Z	D	B	C	M	Q	Z	A	C
T	J	E	C	Q	G	T	O	E	C	S	A	D	K	E	G	F	N	F	N	I
D	R	T	D	Y	K	F	R	J	B	I	N	D	A	X	W	N	U	E	R	H
W	U	M	F	D	T	L	C	Y	G	J	W	S	A	X	I	D	F	Z	B	X

test pilot
the bride test
k. larsen and mara w
sad

cook
foster father
joyous
quick

mild
paralegal
new adult
tia williams

V	E	U	Y	K	S	T	N	E	S	F	X	Q	W	J	G	L	N	H	B	F	B	E	Q
H	G	H	I	U	I	D	O	E	T	L	Z	W	N	Q	Z	Z	H	M	O	C	J	B	O
O	D	N	J	H	W	G	K	V	U	R	K	Y	N	C	Z	W	P	Z	J	I	L	Z	R
J	E	A	K	W	S	G	A	S	D	P	G	P	P	R	U	E	L	J	B	T	X	G	U
D	Y	R	D	M	C	D	Z	U	E	J	G	W	T	Q	X	V	G	B	N	P	J	I	F
S	K	D	N	K	A	A	G	J	N	U	W	I	N	H	L	E	A	U	N	M	Z	S	I
X	G	J	E	E	E	T	S	G	T	T	G	O	Y	M	R	C	G	W	M	S	K	W	Z
O	T	O	C	C	B	Y	C	X	N	G	R	A	D	Y	N	P	A	J	O	J	T	W	X
N	W	E	J	Q	N	X	U	H	W	W	Z	Y	E	M	Y	U	Z	J	D	Q	I	W	C
K	K	J	T	E	R	A	V	E	M	X	E	N	B	L	N	V	M	Z	F	R	X	M	J
U	L	J	R	W	I	O	M	U	Q	A	B	D	L	L	L	M	W	I	B	N	W	S	Q
U	M	E	H	K	T	E	O	O	W	R	K	W	B	T	Z	O	R	N	E	Z	O	G	J
P	T	L	V	C	K	E	D	I	R	B	D	E	T	L	I	J	C	O	G	C	A	B	D
E	G	Z	B	E	N	U	X	M	C	C	E	J	R	U	Q	H	F	K	U	E	Y	W	N
U	A	G	A	Q	L	E	H	A	R	P	I	S	T	/	A	L	Z	U	R	T	Q	Z	X
L	P	D	V	U	A	-	G	U	K	A	T	T	J	J	M	F	Y	K	F	O	Y	K	D
U	E	K	A	J	Q	M	H	A	Z	K	W	B	O	D	O	A	Z	C	V	T	W	A	H
U	K	H	J	S	E	T	E	E	R	C	S	I	D	R	Z	E	T	N	U	M	I	G	F
N	E	H	Y	L	I	M	E	D	A	E	R	H	C	A	E	B	P	C	P	K	O	K	B
V	P	Y	G	J	G	U	I	A	W	D	V	H	M	P	P	P	D	R	H	P	R	S	J
C	Q	U	L	N	R	S	J	V	H	J	E	A	K	A	N	L	Q	H	I	M	L	U	Z
L	T	W	V	X	D	N	N	I	D	M	C	D	O	G	U	W	C	O	G	N	A	O	L
S	P	N	I	L	H	U	T	I	H	P	Y	S	F	F	S	W	A	Y	E	V	Y	K	M
A	P	Y	Z	Q	A	J	Y	N	X	T	J	F	U	Q	G	N	J	O	B	A	R	N	L

average
student
harpist
beach read emily hen
matchmaker/ matchmak
level-headed
discreet
work colleagues
erotic romance
jilted bride
warm
aunt

U	R	Z	W	T	U	U	I	E	L	K	Y	A	E	X	Y	P	C	J	N	W	V
Q	K	V	G	D	B	A	K	N	K	I	Z	C	Y	U	W	I	W	W	N	F	L
S	F	R	O	W	O	U	B	M	C	F	Z	Z	T	P	I	W	C	L	E	R	Z
S	Y	V	G	T	O	G	J	E	T	Q	Y	Y	A	R	K	E	Z	U	B	S	T
A	T	X	E	U	P	B	X	R	R	E	J	U	G	J	R	O	C	H	F	O	K
I	I	S	R	R	K	G	P	N	E	C	N	V	B	I	Y	F	U	X	V	B	Q
E	Z	I	I	Y	D	P	W	S	U	A	R	N	B	S	E	R	R	H	B	E	Q
B	P	Q	U	R	R	F	L	D	N	E	L	B	I	S	N	O	P	S	E	R	X
Q	J	U	B	A	T	P	H	J	U	I	W	I	H	S	B	A	Q	N	U	T	J
X	L	V	T	V	H	A	E	E	X	R	K	R	T	L	P	C	S	L	R	P	X
C	H	C	V	J	K	V	I	E	W	M	C	W	B	Y	W	L	D	A	A	M	X
N	Y	H	Q	S	H	N	P	H	V	R	F	I	A	V	T	Q	A	R	E	O	V
U	Z	R	B	R	A	T	S	U	C	I	V	W	G	H	T	V	P	Y	Q	W	E
I	U	J	Q	A	M	Q	R	E	W	Y	S	B	A	R	A	L	S	F	E	K	J
N	N	N	N	N	Y	C	S	A	X	Y	S	H	L	J	A	C	Y	H	Z	R	V
P	P	R	A	G	E	K	U	M	Y	S	Y	P	E	Y	F	H	I	A	O	E	X
B	X	S	E	E	U	Q	G	F	D	O	U	J	E	J	D	A	T	S	J	W	E
Y	R	P	A	R	A	N	O	R	M	A	L	R	O	M	A	N	C	E	S	Q	Z
X	X	W	S	B	F	U	J	K	A	U	W	C	O	N	T	R	O	L	L	E	R
H	F	R	L	U	L	G	M	Y	W	R	P	Z	N	D	U	Z	V	Y	T	L	J
F	C	H	I	M	P	V	L	Z	L	C	X	W	T	Z	R	L	P	K	U	M	P
J	T	A	Z	X	Q	G	B	I	S	I	A	I	Q	U	M	L	B	X	Y	A	V

responsible
paranormal romance
sober
psychiatrist
ranger
controller
star
lethargic
tennis player
reality tv show
jessica hawkins
peevish

J	H	K	E	B	O	V	H	Y	Y	K	F	P	Y	V	G
C	K	I	N	L	T	H	I	B	M	N	F	T	O	K	Z
S	U	R	S	U	V	S	.	O	L	F	M	B	W	E	N
O	I	R	L	Z	R	R	J	S	L	I	F	S	X	S	I
J	B	G	D	A	D	D	Y	M	M	I	S	S	X	X	Q
J	E	V	I	H	N	L	C	T	N	K	N	S	W	I	A
Y	M	V	O	N	C	O	L	D	I	U	C	I	I	R	T
G	T	H	X	B	R	H	I	D	A	R	K	A	S	N	Y
G	G	B	M	X	A	Y	E	T	M	C	B	N	W	T	L
J	B	C	G	L	P	F	V	M	O	G	U	E	V	A	T
H	T	O	A	S	T	V	O	M	I	M	P	G	L	J	S
Z	S	L	J	U	U	X	J	I	P	S	E	A	J	E	L
L	Y	Z	J	A	R	H	R	H	A	P	T	T	Q	R	C
C	K	R	K	I	O	U	T	M	E	I	G	I	J	W	U
E	R	O	M	N	U	D	E	I	V	E	S	V	J	V	C
F	L	L	Q	B	S	U	V	C	O	M	Y	E	W	P	T

daddy
negative
evie dunmore
rapturous

celebrity
miss
bliss
violinist

emotional
ms.
drunk
chemist

J	N	J	E	S	S	E	R	T	S	I	D	N	I	E	D	U	D	I
E	O	B	H	R	E	S	W	P	K	K	A	N	Q	N	E	H	H	U
S	H	I	P	H	D	V	I	B	Y	D	D	J	E	B	W	C	N	Y
U	C	Y	M	U	D	N	E	K	R	C	J	P	X	I	K	K	U	H
W	O	O	R	S	L	R	P	N	D	V	T	P	H	L	R	C	S	L
G	U	M	W	B	R	X	X	Y	T	S	U	V	F	Q	E	F	I	J
A	L	P	H	A	H	E	R	O	K	H	B	O	O	G	C	T	D	I
P	C	V	T	N	R	Y	K	O	P	P	H	W	M	R	I	J	G	A
R	U	A	E	D	V	D	D	N	T	B	X	E	H	X	S	Q	X	S
Z	M	Q	R	M	E	V	L	C	A	S	D	Z	A	P	K	G	P	S
K	H	Y	N	W	O	T	J	Y	G	B	E	Y	I	V	U	Q	C	V
H	F	X	N	E	G	F	A	G	B	J	U	C	R	Z	E	J	R	S
S	V	J	V	E	C	A	Q	V	R	O	D	T	N	E	T	N	O	C
F	A	G	S	B	P	D	B	N	I	J	O	Q	S	A	I	B	C	H
V	K	D	A	R	B	R	O	A	I	T	Y	R	U	N	K	F	E	Q
R	L	K	T	W	L	N	T	R	J	R	O	Y	R	R	P	Y	G	N
A	L	J	U	O	F	D	R	D	W	L	A	M	W	P	P	J	N	D
C	D	J	A	G	Y	J	Q	V	E	B	O	I	N	J	M	D	E	V
X	F	U	H	X	Z	C	B	O	X	A	L	D	B	U	Z	G	X	B

seventh heaven
kiss
husband
dude in distress

banker
alpha hero
friend
unmotivated

fiery
cowardly
ancestor
content

A	F	F	W	W	W	V	I	A	C	E	X	N	K
D	B	N	Y	U	I	K	S	E	Q	F	U	G	P
C	J	O	U	N	T	N	A	J	Z	X	W	D	C
D	L	N	S	T	E	F	B	F	J	F	T	E	H
V	I	U	T	S	Z	K	F	K	W	U	T	A	E
Q	W	E	P	N	U	D	O	O	F	K	D	G	N
F	I	J	R	W	A	R	D	P	K	G	T	C	G
B	F	N	E	Y	J	R	X	V	S	P	P	U	A
O	F	M	C	V	N	M	E	F	E	T	M	R	G
M	P	N	I	I	P	N	T	L	O	Z	U	I	E
O	X	H	O	U	S	M	E	F	O	L	N	O	D
Q	R	D	U	R	G	I	T	P	E	T	K	U	X
Y	C	U	S	L	F	A	V	W	U	W	E	S	S
P	B	P	U	K	O	O	H	E	H	T	U	Z	Y

precious
penny reid
outspoken
jr ward

don
boss
folks
the hook up

tolerant
engaged
incisive
curious

T	F	F	Z	E	X	E	C	U	T	I	V	E	F	X	W	K	X	H
U	N	Y	S	Y	D	K	T	K	U	L	A	N	A	L	D	N	T	J
V	R	E	J	F	E	H	Y	A	T	T	N	O	L	B	V	W	R	Y
S	A	G	D	W	A	Y	R	C	R	D	C	V	C	K	O	G	U	S
R	Y	Q	A	I	L	D	H	Q	M	E	T	E	I	Z	Z	B	B	G
P	C	V	S	G	F	L	O	U	S	Q	D	L	B	O	X	U	E	L
C	V	S	C	V	W	N	C	O	Q	C	L	I	E	D	W	U	I	K
H	T	I	M	S	K	C	O	L	H	X	W	S	S	V	I	Y	U	A
I	E	V	G	Q	A	A	Q	C	Y	D	F	T	I	N	X	F	W	C
B	W	B	T	I	E	R	H	F	H	J	L	U	F	I	O	Q	Y	I
O	A	R	P	H	N	Q	V	Q	P	I	Y	I	B	B	A	C	P	Q
R	D	M	O	U	A	C	B	M	V	O	P	B	H	L	C	K	U	H
.	E	Q	I	G	P	Z	P	R	X	X	F	P	X	C	T	B	P	L
S	R	A	C	S	L	A	N	O	I	T	O	M	E	H	P	I	T	G
G	M	M	D	D	T	Y	L	J	Q	I	A	L	I	R	R	V	B	H
C	I	B	V	E	L	Z	O	F	K	P	L	N	J	W	Q	G	S	V
C	M	K	D	R	R	D	K	X	N	C	Q	F	B	Z	X	D	I	E
S	I	N	G	L	E	P	A	R	E	N	T	S	N	A	K	V	T	O
T	P	J	M	C	J	E	M	B	R	Z	Q	F	S	H	K	E	Y	B

executive
chipper
confident
locksmith

novelist
emotional scars
lap up
single parent

mr.
considerate
childhood
reader

X	U	H	Q	U	J	N	W	A	Z	B	S	T	S	E	Y	I	K	N	B
P	H	J	U	E	L	K	D	K	G	H	B	H	U	X	X	I	K	G	N
S	N	U	P	L	I	F	T	I	N	G	V	A	J	G	D	B	P	S	R
R	O	N	C	A	R	D	I	O	L	O	G	I	S	T	U	F	N	E	F
R	F	Q	E	L	H	J	M	R	D	E	T	A	M	I	N	A	R	C	Y
X	L	Y	R	C	K	H	V	B	S	N	V	Q	D	W	K	E	O	R	N
B	C	H	T	U	T	O	R	T	V	T	I	O	U	S	Q	Y	J	E	O
S	H	P	P	R	R	L	V	P	D	B	C	J	H	Q	E	U	E	T	X
P	Y	C	F	K	A	T	S	I	G	O	L	O	T	N	O	E	L	A	P
Y	W	P	Y	M	A	P	X	Q	Q	O	F	O	U	L	P	X	D	D	N
X	Q	H	H	R	A	X	G	Z	X	U	D	I	W	S	Z	W	O	M	R
Q	P	V	L	A	W	F	S	N	E	D	Y	U	W	U	I	Z	C	I	T
G	D	O	O	H	R	E	T	S	I	S	Q	E	A	V	E	N	M	R	G
N	Z	B	V	J	Y	M	M	M	X	D	A	Z	B	P	Q	P	S	E	I
E	B	L	A	C	K	M	A	I	L	G	D	V	M	Q	F	T	B	R	R
X	N	E	H	C	Z	R	I	C	T	C	O	E	T	V	S	E	D	X	X
W	Z	K	X	G	C	A	D	W	I	M	X	R	W	Y	N	U	I	G	J
D	Z	F	E	F	J	S	O	M	T	S	U	X	O	E	T	F	T	V	M
T	Q	F	I	D	M	Q	V	H	C	Q	T	T	Y	E	H	F	N	E	L
E	N	R	H	R	B	S	U	V	Y	E	D	I	T	U	I	T	H	K	N

first cousin
tutor
blackmail
paleontologist
secret admirer
sisterhood
uplifting
the wedding party
maid
animated
pharmacist
cardiologist

Q	F	F	K	H	I	Y	U	J	T	N	M	X	J	V	D	W	I	I	N	R	W
H	Q	X	X	P	O	Y	S	C	O	H	A	O	S	G	W	G	H	X	E	I	S
U	T	G	P	O	L	R	F	Y	P	K	Z	M	O	E	K	C	G	A	O	I	K
L	H	U	E	G	G	Q	C	K	D	E	E	P	R	N	M	C	N	Y	R	C	E
L	E	P	I	H	S	N	O	I	T	A	L	E	R	E	K	A	F	F	I	H	K
V	U	L	H	P	E	Z	T	J	T	H	E	U	B	R	H	Z	N	M	X	W	R
V	N	Y	P	M	L	L	B	J	Z	O	M	T	B	O	E	S	I	N	G	L	E
E	H	S	B	I	M	K	P	J	L	F	J	E	S	U	V	Y	I	X	L	V	E
E	O	J	T	D	C	O	M	F	B	T	D	N	R	S	O	C	W	F	S	K	Z
V	N	G	X	P	D	N	X	R	U	Q	A	S	M	G	Z	L	U	A	D	G	W
B	E	O	J	G	E	J	I	U	H	L	W	L	I	K	T	Q	Q	S	L	F	H
E	Y	B	K	K	O	D	C	R	K	C	C	D	B	Q	A	P	Z	G	I	R	P
N	M	E	N	I	C	M	I	G	P	V	C	Y	U	X	X	R	U	C	I	B	Q
V	O	T	E	U	T	C	A	R	T	T	A	S	E	T	I	S	O	P	P	O	W
Y	O	U	R	Z	R	L	S	C	B	T	R	X	U	C	D	Q	G	E	S	J	C
G	N	S	Z	G	S	S	N	Q	O	Y	Z	A	Q	Y	R	V	X	E	H	T	R
Q	E	H	C	W	N	J	B	F	X	U	A	K	E	G	I	T	S	I	G	D	S
H	R	L	Y	Z	A	Z	W	P	Q	J	N	W	A	H	V	V	V	B	P	Q	B
L	S	K	Q	Z	L	P	P	B	A	O	Q	T	A	T	E	J	M	T	U	H	A
P	V	P	J	R	G	W	S	X	Q	P	R	L	T	N	R	H	R	R	B	Q	I
B	O	L	M	Y	H	J	R	W	S	T	C	Q	R	E	U	V	T	X	C	R	Q
V	I	X	W	G	H	O	Y	V	X	M	U	C	O	G	F	R	T	Z	O	T	S

taxi driver
runaway bride
helpful
fisherman
generous
fake relationship
the unhoneymooners
the heart principle
steady
opposites attract
single
lawyer

X	A	H	K	G	N	N	Z	G	F	P	D	A	V	Y	C	B	Y	T	L	S
Y	J	L	D	O	I	J	L	O	U	C	I	C	E	A	F	Z	T	K	K	X
M	J	M	W	A	R	L	B	Q	M	K	K	V	R	B	G	Z	L	H	W	Q
T	C	F	C	H	M	D	E	F	C	L	I	A	S	P	T	E	B	S	O	Z
H	A	M	Z	T	Y	S	O	X	A	L	K	Q	A	G	O	D	Q	P	T	S
I	C	K	A	Q	S	M	E	O	A	I	U	T	T	T	W	X	H	B	K	C
Q	P	H	E	I	C	V	K	L	H	U	E	M	I	O	G	B	S	D	X	C
R	I	D	W	P	I	F	A	N	I	R	P	G	L	Y	Q	C	R	J	F	Q
T	S	K	Y	R	L	M	L	N	A	N	E	K	E	L	G	X	M	X	W	E
W	A	J	F	S	E	E	J	B	T	R	D	H	Q	T	U	O	V	G	J	R
W	I	O	Y	V	Y	L	A	I	C	I	F	I	T	R	A	O	V	C	K	S
N	Y	W	N	Y	F	X	A	S	N	H	H	C	S	O	E	D	X	Q	V	E
A	V	D	S	S	D	V	C	T	U	T	R	E	P	T	R	B	E	D	G	W
N	J	I	T	Q	X	K	J	B	I	R	E	B	R	H	R	B	M	S	O	M
W	G	W	F	Y	G	N	Y	D	Y	O	E	R	V	P	S	E	J	O	A	C
U	V	U	A	R	A	H	E	J	Y	I	N	I	N	W	M	F	S	G	S	Q
E	J	F	W	B	S	X	D	S	J	C	Y	S	N	D	R	O	W	S	Y	I
B	A	F	P	L	Q	U	F	T	R	M	X	E	H	O	T	A	A	N	U	I
Z	P	Y	X	E	C	H	O	U	M	F	Q	B	Q	I	M	M	G	O	W	F
C	O	H	D	X	K	G	W	K	H	L	O	E	R	B	P	I	M	W	A	K
E	K	I	E	Q	O	D	R	R	D	X	X	Z	S	X	K	N	G	B	H	B

versatile
antiherp
drowsy
somber
brotherhood
relationship
intern
take pleasure in
frank
damsel in distress
sedate
artificial

V	N	K	Y	X	U	W	Y	T	O	M	R	U	D	M	P	D	C	F	E
A	S	Z	Q	N	R	J	B	S	P	W	O	N	K	D	Q	W	E	Z	P
E	I	P	T	B	Z	H	M	I	B	U	A	D	C	I	N	H	R	G	Y
G	C	C	D	M	K	S	Z	T	F	S	X	E	I	J	K	M	P	M	V
K	Y	N	G	I	E	R	E	V	O	S	O	P	O	P	E	D	I	E	Y
J	D	K	A	I	Z	H	R	O	X	K	H	E	X	K	Y	C	R	O	D
F	J	X	F	M	Q	N	X	A	A	A	M	N	L	U	K	J	U	B	W
Y	U	M	G	H	O	D	C	H	V	P	Y	D	I	U	Y	M	F	V	R
B	G	F	S	E	V	R	I	M	U	N	B	A	L	Q	W	R	G	L	H
Y	E	X	W	U	J	Y	R	S	I	L	G	B	Z	Q	T	C	E	G	R
K	O	A	A	H	N	F	O	O	T	B	A	L	L	P	L	A	Y	E	R
C	F	D	M	R	W	N	S	I	O	R	J	E	F	N	W	F	G	M	L
P	M	T	E	I	C	A	I	W	V	D	U	M	I	H	D	Q	B	E	E
O	J	N	Y	D	N	H	B	N	V	X	N	S	H	P	L	N	E	W	Q
F	H	U	G	B	T	G	D	I	E	E	H	E	T	K	G	V	K	X	K
H	R	E	V	I	D	A	B	U	C	S	C	O	P	F	H	F	O	P	R
G	L	P	W	Q	F	W	G	M	K	W	S	E	D	O	U	A	P	D	B
Y	Q	R	J	D	A	U	G	H	T	E	R	-	I	N	-	L	A	W	I
F	M	E	K	B	Z	U	V	N	E	Z	O	F	U	N	R	P	I	E	I
E	H	X	Q	B	E	J	S	P	F	P	X	M	W	W	M	Q	B	B	O

football player
open door romance
scuba diver
daughter-in-law
leery
undependable
sovereign
sunniness
archduke
niece
beaming
distrustful

F	W	U	R	E	L	A	T	I	V	E	P	P	V	L	C	Z	V
N	U	N	B	A	L	A	N	C	E	D	Y	L	R	E	D	R	O
Q	O	Y	A	B	Q	Z	N	U	P	T	I	A	L	C	C	C	B
C	M	L	I	U	V	O	F	R	D	H	D	B	N	T	F	C	L
E	I	K	A	T	V	G	Q	Q	E	X	Y	A	D	U	V	A	W
B	C	D	D	U	P	B	K	S	N	T	H	A	M	R	W	L	A
V	Q	O	X	C	R	S	W	Z	E	X	A	C	I	E	S	M	R
G	I	Y	Z	B	I	A	U	J	M	F	G	M	W	R	H	E	V
K	E	B	C	X	M	V	T	O	V	D	O	S	C	T	A	B	L
P	U	T	R	F	D	L	F	H	L	D	Z	L	F	L	M	G	U
R	S	Y	U	C	X	E	I	L	A	L	S	M	X	Z	Y	S	L
U	F	J	P	U	W	H	S	A	Q	L	A	Y	Y	W	B	U	F
L	X	R	E	L	U	C	T	A	N	T	A	C	P	Y	Q	M	O
O	H	O	I	R	S	K	B	E	E	F	H	S	S	E	G	V	F
Z	Z	W	W	Q	F	P	K	I	E	L	P	W	S	L	L	C	V
K	H	I	B	V	B	T	X	I	S	W	P	S	G	A	U	O	O
C	A	L	K	Z	D	Q	Q	Z	T	F	S	D	L	C	K	N	I
O	O	M	L	L	K	Z	X	I	T	Q	A	Y	Y	Y	O	T	B

laurathalassa
maternal
sweet
nuptial
orderly
unbalanced
relative
reluctant
pleased
dame
callous
lecturer

V	L	F	W	U	M	C	N	K	W	F	R	R	L	S	C	P	K
T	O	L	D	-	F	A	S	H	I	O	N	E	D	F	P	L	L
U	O	I	A	L	U	K	Y	C	C	Y	W	P	V	D	C	I	L
E	R	W	E	H	N	L	Y	B	K	U	T	T	B	E	N	Y	G
C	O	L	L	C	S	Q	G	R	A	P	G	N	X	U	R	F	U
T	Z	J	U	Q	H	I	S	P	S	C	W	K	C	P	X	E	F
D	K	F	Q	F	H	L	X	J	I	G	J	Z	O	C	J	J	D
S	P	F	N	R	I	J	L	E	N	I	I	G	M	T	H	W	H
E	W	M	P	P	V	T	N	U	L	B	Y	W	E	A	H	N	X
X	T	E	T	V	U	Y	U	Q	D	A	N	P	O	N	Q	Z	K
Y	B	E	I	T	G	V	X	D	R	W	V	X	W	D	T	T	B
X	W	M	M	Q	D	Y	W	C	E	O	Z	C	U	Z	I	R	M
W	Q	T	O	E	P	X	R	G	W	T	T	F	L	A	S	H	Y
M	Y	X	P	Q	K	C	J	V	I	Z	I	C	B	E	E	Y	F
Y	S	E	C	M	U	D	L	O	M	L	K	C	A	G	R	E	G
C	H	V	A	J	Z	B	S	F	B	N	N	Z	X	Z	W	K	K
K	O	G	B	Y	T	H	Q	G	K	C	O	L	D	E	W	X	V
M	F	J	O	I	V	I	G	T	J	K	L	P	S	R	R	O	U

blunt
old-fashioned
clerk
alexis hall

flashy
actor
dutiful
revered

wedlock
excited
dull
gentry

V	I	B	R	B	B	Q	F	P	U	K	D	E	D	E	J	U	F	W	N	P
G	A	G	W	W	E	L	L	-	I	N	T	E	N	T	I	O	N	E	D	O
Y	R	J	G	K	K	M	V	D	M	Y	B	Y	N	N	V	Y	F	K	Y	F
Q	Z	Y	W	F	X	C	B	L	E	Y	S	Q	W	V	N	B	L	L	Z	D
H	Z	L	Z	Y	J	K	F	V	S	H	Z	I	C	Y	Z	T	Z	P	I	Q
Q	K	H	W	B	U	S	P	O	Z	N	S	T	P	T	T	G	E	P	K	F
A	R	L	S	X	N	M	B	F	L	Y	M	Z	D	Q	D	J	S	M	P	Y
D	L	E	V	I	S	S	A	P	O	S	I	T	I	V	E	K	N	X	C	D
O	S	D	M	Q	D	R	Q	Y	E	N	S	E	E	Y	Y	F	Z	L	U	Z
P	H	J	A	R	I	L	R	A	G	S	A	E	G	M	L	B	M	B	W	S
T	S	L	D	I	O	K	I	J	M	O	T	F	W	Q	C	A	N	P	I	N
I	W	T	N	X	D	F	J	H	F	J	L	I	N	B	A	P	T	F	D	D
O	O	K	J	N	L	E	R	H	C	N	L	V	L	B	V	L	P	Y	H	X
N	D	C	T	U	U	H	D	E	N	O	O	A	X	E	E	O	R	V	T	L
N	T	T	L	S	M	W	G	A	P	H	D	G	G	W	N	E	O	D	U	S
C	J	X	R	X	B	R	A	V	E	X	L	P	K	O	M	C	F	D	T	Y
W	R	R	F	P	E	V	O	L	K	H	Z	G	J	A	B	R	E	Q	Z	P
U	I	Y	D	K	H	O	V	J	-	J	-	O	Y	V	T	B	S	T	J	G
F	T	V	Z	E	U	T	Y	Y	Q	N	O	T	R	J	N	K	S	V	M	K
C	G	Z	U	J	Z	A	C	U	J	F	I	L	O	Z	C	O	O	T	D	I
N	Q	R	X	R	P	A	D	Y	C	T	H	D	C	H	I	P	R	N	L	I

passive
professor
brave
positive

adoption
hot-headed
love
performer

in-law
well-intentioned
pestilence
childish

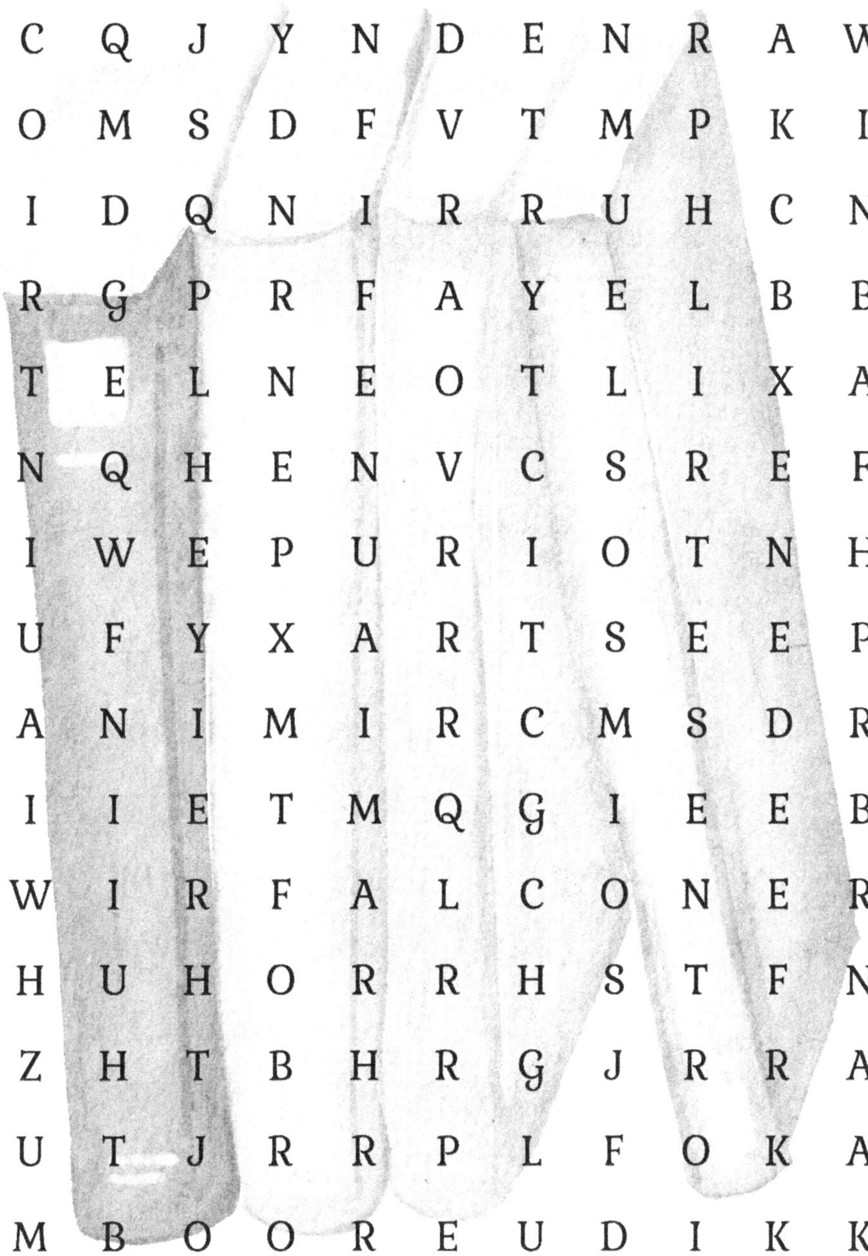

R	L	Q	C	Y	W	E	O	W	C	B	N	L	B	C	Z	L
A	A	F	C	Q	J	Y	N	D	E	N	R	A	W	M	Q	I
W	D	H	O	M	S	D	F	V	T	M	P	K	I	R	M	P
C	L	B	I	D	Q	N	I	R	R	U	H	C	N	V	U	O
P	O	L	R	G	P	R	F	A	Y	E	L	B	B	Y	K	W
O	D	Y	T	E	L	N	E	O	T	L	I	X	A	X	J	V
W	B	E	N	Q	H	E	N	V	C	S	R	E	F	D	K	I
E	M	M	I	W	E	P	U	R	I	O	T	N	H	Z	Z	N
R	I	B	U	F	Y	X	A	R	T	S	E	E	P	F	B	I
S	F	L	A	N	I	M	I	R	C	M	S	D	R	D	J	W
T	P	D	I	I	E	T	M	Q	G	I	E	E	B	N	M	P
H	N	H	W	I	R	F	A	L	C	O	N	E	R	F	W	R
A	G	T	H	U	H	O	R	R	H	S	T	F	N	P	F	R
T	T	M	Z	H	T	B	H	R	G	J	R	R	A	M	M	X
B	C	A	U	T	J	R	R	P	L	F	O	K	A	N	I	I
E	B	O	M	B	O	O	R	E	U	D	I	K	K	C	T	N
D	P	N	Q	A	S	F	L	R	Y	E	H	J	M	K	B	A

stern
euphoria
impressive
gratified

falconer
staid
powers that be
infanta

cruel
cartographer
numb
criminal

Y	S	A	L	U	F	T	H	G	U	O	H	T	W	B	S	G	Z	J	F
K	T	V	Z	P	H	F	C	Z	N	B	A	M	O	D	E	W	X	X	M
G	F	K	H	M	O	L	H	H	B	I	O	J	U	N	L	J	U	E	I
B	D	J	Z	W	N	T	F	O	V	O	O	D	I	D	N	P	K	X	R
R	O	X	G	M	G	C	D	N	G	Z	V	G	R	V	R	H	D	H	E
D	N	C	K	U	X	R	D	E	T	A	V	I	T	O	M	I	F	U	K
F	F	Y	O	H	W	O	R	U	S	N	S	Z	R	U	H	K	V	O	Q
N	C	C	H	T	S	O	U	U	N	U	K	K	U	G	O	G	D	O	P
M	I	P	Q	U	C	M	M	U	M	D	E	X	W	N	S	D	Q	V	S
T	N	A	D	N	A	M	M	O	C	A	Y	H	G	J	O	Z	G	E	E
Q	L	T	A	Z	H	A	E	I	W	I	P	G	L	U	S	I	A	S	I
S	I	E	E	S	B	T	R	L	U	H	T	B	K	R	H	V	C	L	R
H	V	H	N	E	C	E	E	X	L	F	H	S	J	W	I	Y	Q	B	U
R	E	W	D	Z	R	S	Y	Z	D	P	O	G	I	M	Z	G	Q	B	Z
B	E	Y	B	U	A	C	D	Q	M	A	P	J	U	T	V	K	E	C	S
U	E	T	C	K	P	X	S	Y	X	N	E	J	C	I	R	Z	J	H	S
R	Z	K	N	Q	L	F	J	I	S	K	F	G	X	Q	T	A	Q	W	T
J	V	L	A	U	U	C	O	S	D	V	U	M	F	K	M	J	H	L	Y
Z	O	K	T	H	H	E	A	V	E	N	L	Y	U	E	S	Z	W	O	D
Y	G	Z	N	C	P	E	Q	L	D	Q	I	B	I	V	Z	O	I	Z	D

heavenly
thoughtful
artistic
outgoing

motivated
roommates
hunter
the girl he used to

indiscreet
drummer
commandant
hopeful

J	G	D	D	U	G	F	Z	V	X	K	Q	H	M	F	A	D	D	Q	G	P
J	X	J	S	W	T	V	M	R	P	G	G	K	M	U	R	X	F	F	V	T
O	D	T	E	I	L	W	F	U	Q	E	T	P	D	T	S	I	N	R	A	E
N	M	W	P	R	T	O	G	A	Z	X	N	Q	F	P	G	I	B	X	B	J
K	Q	E	X	Z	C	W	A	V	C	W	P	I	W	C	P	N	C	A	W	L
X	W	L	C	K	D	R	E	R	O	B	A	L	N	A	A	A	G	I	H	M
Y	E	L	O	N	A	N	I	Y	X	D	W	Q	Y	D	S	G	E	V	A	Y
I	K	-	U	F	A	L	Y	T	O	M	V	X	K	V	U	O	Z	K	I	N
P	Z	B	M	P	E	T	L	J	I	F	Y	Z	W	B	P	O	A	W	Z	K
D	H	E	Y	I	T	P	I	Y	G	C	X	C	H	D	I	D	L	Z	Y	I
Y	N	H	J	S	C	C	S	R	O	D	A	S	S	A	B	M	A	C	D	Y
O	A	A	V	G	U	D	H	L	E	U	B	L	E	N	I	O	Y	W	N	H
C	M	V	K	K	I	Q	L	V	T	H	R	Y	X	C	E	O	P	J	Q	O
S	P	E	P	O	I	S	A	J	W	H	N	P	C	E	S	D	H	H	U	G
J	M	D	R	L	D	M	H	Z	O	R	P	I	E	R	J	J	D	G	N	A
X	F	J	E	Q	E	D	C	B	P	L	O	B	X	R	O	Z	S	A	U	K
F	X	K	E	V	I	L	U	K	N	E	T	Y	G	K	F	K	V	B	L	A
Y	G	N	J	V	U	B	U	L	U	Q	Z	L	S	Y	R	E	T	K	C	G
N	C	V	V	T	P	R	W	X	S	L	G	Y	W	W	Q	U	C	V	R	T
U	W	I	D	Y	L	F	O	S	E	V	I	L	O	W	T	E	H	T	W	S
R	Y	Y	V	O	U	P	G	C	I	Z	C	U	A	T	H	T	R	X	S	F

gladden
well-behaved
critical
all your perfects
ambassador
laborer
on cloud nine
the two lives of lyd
in a good mood
dancer
inheritance
musician

U	N	C	O	O	P	E	R	A	T	I	V	E	H	W	X	X	L
F	U	U	D	D	R	V	W	O	X	T	X	F	J	Y	S	Q	D
U	K	L	Q	R	C	Q	C	D	I	O	I	F	J	F	H	J	B
W	T	A	H	A	R	C	F	K	I	F	M	I	V	R	M	F	T
I	L	N	S	R	G	O	E	L	B	A	I	L	E	R	N	U	H
E	K	T	E	R	Y	N	N	O	C	Y	S	P	G	D	O	X	V
S	E	R	O	E	S	D	I	R	R	E	R	S	N	M	D	K	F
A	S	Q	M	V	B	E	Q	R	E	H	O	O	F	G	J	L	H
C	J	I	V	O	P	S	T	F	E	V	S	J	T	E	O	E	G
V	B	C	A	G	R	C	K	C	A	E	O	M	V	S	V	M	E
N	I	N	R	E	R	E	T	A	C	T	N	G	D	F	I	V	R
V	O	H	V	S	Y	N	H	O	F	V	N	S	X	I	A	H	Z
W	S	T	U	P	I	D	A	A	F	K	H	P	H	A	L	T	Q
H	R	Z	B	Z	M	I	N	A	H	X	B	J	Z	G	R	I	A
Z	N	V	C	U	K	N	C	J	K	P	U	B	E	O	G	G	I
P	K	H	A	E	Y	G	D	H	M	Y	L	G	B	T	Q	+	G
F	T	D	F	V	A	I	W	C	A	E	L	A	A	M	D	S	Z
H	J	Y	Y	L	P	B	J	Y	O	U	Y	I	Y	V	C	W	A

unreliable
alpha hero
bully
history

uncooperative
stupid
condescending
sneering

lgbtq+
caterer
governor
jovial

W	P	U	X	G	S	R	R	Y	J	L	T	H	E	Y	I	U	E	K	G	C	O	G
T	G	P	Y	C	K	C	W	Q	L	A	G	M	N	H	A	L	A	V	Q	Y	C	E
B	S	G	C	W	Y	F	R	S	F	I	O	X	H	Q	P	L	Q	Y	C	S	W	C
U	K	R	C	W	A	W	Y	G	V	S	M	S	O	U	K	R	E	C	U	E	Y	Z
M	J	E	H	D	I	U	V	S	T	E	W	A	N	E	B	B	E	C	C	B	X	Q
F	Q	Z	G	E	K	E	T	E	O	N	M	D	F	D	G	X	P	R	G	C	M	M
Y	A	D	V	A	N	C	E	D	R	E	A	D	E	R	C	O	P	Y	P	R	Z	J
E	T	S	N	N	R	P	H	F	K	I	Z	D	O	C	A	Q	B	P	B	S	U	Y
Y	S	S	O	U	R	E	H	C	A	E	T	G	N	O	A	E	G	X	F	G	X	T
L	M	N	L	Z	J	C	V	H	P	P	U	Y	Y	E	R	J	L	I	D	H	L	K
D	R	W	E	W	P	U	H	A	F	G	M	E	H	F	C	K	T	C	I	X	I	P
K	X	B	E	P	R	E	T	A	W	F	O	T	U	O	H	S	I	F	U	A	N	X
C	S	E	T	A	S	J	D	O	P	O	J	Z	U	J	E	D	E	G	W	N	G	K
O	K	Q	Y	G	K	U	L	D	F	P	L	T	K	P	U	J	O	D	M	Q	U	F
B	Q	I	A	Y	O	K	S	H	L	R	Y	E	V	X	U	I	S	K	E	L	I	S
G	X	T	A	B	D	N	M	C	K	E	A	A	B	E	M	A	N	V	N	B	S	H
M	J	O	K	C	B	C	J	P	I	D	R	U	S	R	N	M	D	W	J	H	T	V
X	F	S	I	E	E	D	P	I	O	T	Y	W	V	A	E	X	Z	Z	K	G	R	Q
Y	D	Y	T	O	N	A	D	D	K	O	N	I	D	Q	C	L	Z	R	O	I	J	E
J	P	P	I	U	X	V	T	O	B	R	J	A	O	W	O	L	S	S	Q	V	N	Q
B	V	D	O	T	N	O	X	G	D	F	D	X	M	X	F	I	A	R	Y	H	X	Q
V	T	F	U	W	H	W	O	F	O	S	L	O	P	O	C	R	Q	M	V	J	B	R
E	F	M	M	L	E	Y	Z	A	R	G	X	U	K	N	R	Z	L	Y	A	S	A	I

verity
peddler
descendant
teacher

happy as a clam
linguist
advanced reader copy
dean

nuclear family
fish out of water
romantic suspense
below average

L	N	V	Y	Z	F	C	B	F	L	A	H	G	W	X	F	H	A	G	X	F	D
O	Z	D	S	J	F	U	C	A	N	O	W	O	D	U	K	U	Z	U	X	N	D
S	T	E	E	H	Q	M	S	Z	A	N	E	H	L	P	N	J	Y	O	W	B	K
B	I	Y	N	M	S	P	P	K	T	Z	F	Q	D	I	I	H	Y	K	G	H	A
Z	Z	O	S	D	E	V	I	T	U	C	E	X	E	Y	G	B	P	E	P	J	I
D	F	Y	I	R	O	R	S	K	R	L	C	X	C	M	H	O	L	I	J	L	F
G	N	L	B	T	V	L	A	A	A	O	J	W	H	K	T	I	Q	C	S	R	P
Q	E	H	L	F	N	A	J	L	L	S	G	E	U	M	C	S	U	X	Q	L	K
I	O	W	E	A	J	J	P	U	D	G	G	I	I	S	S	T	B	F	M	V	G
G	H	A	I	I	W	N	X	D	V	B	U	Y	A	Z	W	E	M	Z	A	E	V
U	G	I	J	E	Q	E	B	Y	Q	X	L	O	B	L	W	R	E	A	C	D	G
X	A	G	I	J	X	E	H	R	M	P	M	A	D	G	H	O	E	L	O	P	I
X	M	V	H	N	B	N	J	T	X	K	Y	H	Z	E	S	U	L	L	G	E	I
E	Q	I	H	N	Y	R	Y	H	D	Z	J	T	T	E	P	S	G	Q	W	Q	T
D	R	T	R	I	F	Z	I	Y	W	N	Q	K	Z	Z	I	O	T	M	Y	O	F
F	V	G	B	S	A	Q	G	T	J	I	A	H	E	J	C	O	L	E	S	B	B
G	W	X	Y	C	X	M	E	D	U	V	T	D	F	O	Y	Z	H	E	A	Z	W
S	A	R	O	L	E	V	R	V	W	R	N	H	E	G	Q	Q	K	M	N	M	L
J	V	H	E	T	T	L	Y	K	O	L	M	Y	U	K	N	I	F	K	U	E	Y
R	Y	M	V	A	X	U	P	M	P	Z	Y	E	N	T	C	U	S	X	N	O	P
Q	R	F	F	G	K	N	W	P	Q	A	D	P	G	Z	D	I	O	N	Y	O	P
Q	H	N	U	B	K	C	J	S	I	C	N	J	A	O	P	X	W	L	T	L	O

knight
emerald blaze
sensible
penelope douglas

glee
natural
boisterous
steamy

executive
bowler
spicy
wicked and the wallf

B	K	H	B	K	P	V	Y	I	A	F	V	A	B	Z	L	E	U	G	Z	T	Z
R	D	A	T	V	J	E	A	I	B	R	G	S	L	K	V	K	I	O	V	C	G
T	F	R	A	I	Z	S	Q	F	I	K	Y	T	O	R	R	H	U	I	T	M	D
X	S	F	L	A	X	U	Q	Q	M	I	M	J	K	Q	X	T	Q	S	S	B	G
J	I	M	Z	A	I	J	H	B	O	G	R	U	W	C	O	M	D	T	L	W	E
E	L	I	S	A	K	L	E	Y	P	A	S	I	R	E	H	L	T	R	H	X	I
S	C	C	U	T	P	U	B	J	S	H	O	D	B	U	D	V	I	I	Q	Q	V
M	Q	N	J	H	U	R	R	R	R	S	X	N	A	J	F	D	P	K	H	P	C
G	H	Q	A	H	T	R	I	N	M	S	W	C	M	P	L	C	I	I	W	T	A
T	M	C	A	M	O	Y	D	N	A	T	S	T	H	G	I	N	E	N	O	S	T
Y	S	O	V	Y	O	R	K	Y	C	P	I	W	I	I	X	C	N	G	G	H	B
P	B	I	W	L	N	R	W	L	V	E	N	B	B	T	H	I	M	O	R	J	O
W	D	A	M	N	T	O	T	S	W	H	S	F	J	S	A	A	K	G	M	N	M
T	W	U	C	R	B	I	I	E	Y	D	V	S	A	H	M	G	J	K	L	C	J
J	V	V	A	E	E	J	D	T	E	C	E	M	I	M	O	C	U	K	Z	A	F
K	M	Y	I	H	C	D	K	Q	C	W	A	X	J	N	I	C	P	S	Z	U	U
D	S	T	V	Y	Y	Q	I	A	Y	E	S	H	A	A	T	L	A	S	T	J	L
J	P	Z	I	D	S	Y	Q	X	P	S	N	Y	D	L	G	H	Y	V	H	T	W
Z	H	W	M	D	C	J	L	U	A	R	T	N	V	X	E	D	E	T	K	X	A
E	Y	L	Z	P	E	P	J	E	W	T	D	X	O	G	V	R	C	O	R	L	S
E	Q	K	P	D	M	V	O	Q	D	D	X	I	Q	C	F	H	R	R	R	E	T
E	J	N	N	X	O	W	J	Z	Z	E	N	N	K	W	G	K	Z	X	D	Y	E

ayesha at last
sturdy
lisa kleypas
one night stand

wedding
relaxed
connection
taxidermist

family tree
a princess in theory
sweet romance
striking

Z	J	D	E	R	E	P	M	E	T	-	T	R	O	H	S	B	L	Q
A	P	I	O	U	J	Z	A	I	M	A	R	G	R	E	M	N	F	M
I	X	T	J	S	A	H	E	R	R	G	S	P	H	M	S	V	Y	N
Y	L	E	U	B	L	U	Z	L	K	O	L	T	S	M	I	T	Z	K
R	L	Y	B	A	Z	K	D	P	C	R	G	F	D	W	W	C	H	L
J	D	V	A	T	K	D	F	W	W	J	A	I	O	E	R	Z	O	A
T	N	E	Q	Q	Y	E	W	X	D	Y	A	N	L	X	F	E	Y	V
J	N	I	P	O	S	K	V	V	F	R	Y	X	G	K	L	W	Y	P
W	H	N	W	O	S	U	N	I	D	C	T	X	R	E	I	X	D	Z
N	E	C	C	T	L	T	O	I	T	H	N	S	G	S	R	N	R	Y
Z	R	O	I	C	L	E	P	R	G	A	G	M	I	D	T	B	U	I
F	V	N	W	O	Y	A	V	R	U	W	L	N	E	T	I	E	G	N
E	A	S	T	D	S	T	C	E	I	T	U	E	I	J	N	T	G	F
K	W	I	S	M	I	T	Z	I	D	E	N	S	R	Y	G	E	E	C
I	I	S	R	H	J	A	H	A	T	-	S	E	M	D	E	K	D	Q
K	I	T	N	C	F	S	H	X	Z	N	L	T	V	W	O	V	P	C
O	X	E	F	M	J	F	E	O	Y	T	E	L	E	D	I	O	I	M
W	L	N	T	E	P	K	A	B	X	H	N	D	E	S	A	E	L	Y
I	Q	T	U	K	V	I	L	J	O	V	Z	W	I	W	S	G	E	B

park ranger
inconsistent
identical twin
well-developed

adventurous
nun
blood relative
short-tempered

dentist
flirting
drugged
priestess

E	L	D	O	I	D	U	U	Y	Z	F	N	B	K	X	S	Q	E	P	G	Q
M	P	S	M	E	C	Z	J	R	Y	L	L	I	S	B	U	Q	V	R	W	R
Q	T	L	J	T	Y	L	D	L	W	M	Z	O	A	C	V	I	B	D	Q	B
A	S	Q	M	D	D	W	I	K	L	H	C	T	A	L	E	N	T	E	D	K
V	H	X	S	R	E	H	P	A	R	G	O	T	O	H	P	B	X	U	I	L
U	Z	V	P	P	H	C	R	A	I	R	T	A	M	A	J	E	D	E	A	D
R	T	X	I	Y	X	U	N	V	A	P	I	G	A	G	B	N	Q	L	X	F
N	O	I	T	A	U	Q	E	E	T	A	M	L	U	O	S	E	G	F	X	I
O	X	K	E	N	C	C	S	F	I	R	Z	I	C	I	G	R	S	L	B	B
I	J	K	F	R	P	D	Q	B	N	R	D	D	O	I	S	G	O	Y	O	B
Q	P	R	U	U	V	S	U	Y	N	Z	E	E	I	Q	F	E	I	M	F	C
H	Z	A	L	L	D	X	G	O	N	M	E	P	P	R	K	T	M	E	H	W
X	C	M	S	A	J	K	O	H	Y	U	A	U	X	R	E	I	Y	V	S	I
U	T	Y	D	P	Z	P	V	M	P	E	I	T	O	E	E	C	H	F	A	G
F	Y	C	U	E	L	H	T	B	H	E	Y	Y	S	W	N	S	T	B	C	I
Y	M	S	H	B	H	Q	T	D	X	W	B	A	R	C	X	I	S	O	A	M
P	K	P	Z	M	D	E	I	A	G	P	A	Q	D	O	I	P	C	E	R	P
D	G	X	F	A	U	T	A	G	P	L	G	P	Q	Q	F	V	O	N	D	V
Y	O	P	Q	G	V	L	H	D	M	H	K	H	A	D	F	J	E	L	A	N
E	D	V	G	I	U	L	D	C	N	E	Z	S	T	O	Z	O	G	P	Z	A
S	D	A	F	Y	C	G	N	K	P	R	M	R	R	W	T	R	R	V	L	G

talented
silly
spiteful
inexperienced

deputy
depressed
director
matriarch

plain
energetic
photographer
soulmate equation

R	F	P	G	V	U	I	R	S	E	C	U	M	N	Y	I	Z	O	L	H	K	P
O	R	A	N	L	G	K	W	E	J	N	W	X	E	H	I	N	U	Y	Q	T	N
F	Z	M	I	N	H	E	R	I	T	D	A	Q	Q	P	S	N	N	N	I	X	V
E	E	M	V	S	G	J	Z	F	O	S	H	Z	R	K	Z	A	Y	L	Z	V	H
R	E	V	I	G	E	R	A	C	D	G	I	W	H	I	U	U	J	I	K	B	W
V	Y	G	I	X	D	N	D	O	V	K	U	S	N	Q	E	N	G	N	J	C	K
E	G	E	F	S	Z	O	M	I	R	A	Q	R	M	F	I	I	B	D	N	F	Y
N	N	P	L	T	N	F	B	A	S	E	B	A	L	L	P	L	A	Y	E	R	J
T	P	P	P	L	S	E	O	L	S	C	V	I	L	L	Z	R	B	Z	I	C	V
C	H	B	N	S	N	Q	F	E	R	V	J	I	F	X	M	M	A	Q	Y	P	N
X	U	Y	L	P	H	X	N	F	G	H	T	O	T	Y	P	Z	Z	M	L	R	F
P	N	V	T	W	G	Z	K	Z	O	G	P	J	C	N	U	P	B	F	F	L	T
B	N	K	E	I	F	G	R	Z	V	M	O	M	B	K	E	R	E	W	P	C	O
Y	E	O	D	B	C	W	I	T	T	K	R	K	S	L	E	V	V	R	M	M	L
B	O	H	R	W	K	C	Z	U	W	R	P	A	T	Z	N	Y	N	O	Z	A	V
R	N	V	W	A	E	M	I	Q	H	G	R	I	H	R	N	Z	P	I	X	A	Q
I	G	E	Z	B	B	R	B	R	F	J	G	S	C	C	Y	S	C	B	L	Y	T
M	O	A	J	I	D	A	H	P	P	D	G	W	C	G	E	K	M	I	H	N	K
W	D	W	I	Y	O	S	T	S	D	X	C	S	O	G	P	H	E	K	Z	C	T
U	S	H	S	S	L	C	E	V	T	M	Y	S	A	E	F	F	T	B	B	A	K
C	N	S	B	V	R	O	Z	G	D	J	K	D	V	A	U	N	N	V	D	B	Q
I	G	L	E	O	K	E	E	E	F	D	Y	L	I	O	U	L	F	P	Z	K	K

baseball player
shrewd
sister
the charm offensive

baron
fervent
disc jockey
amnesia

caregiver
neon gods
inventive
inherit

E	K	I	L	O	N	A	A	N	D	R	E	W	S	K	R	S	F
N	D	G	X	V	F	M	R	K	P	L	O	B	E	G	W	Z	K
M	Q	H	W	T	E	A	F	J	X	V	Q	L	I	T	F	S	Q
G	S	D	U	G	B	T	D	U	O	J	H	Y	Y	A	T	Y	H
X	O	O	C	H	I	E	F	W	W	I	C	R	U	L	E	R	F
X	W	O	X	F	Z	S	S	X	R	N	A	I	G	J	H	Z	V
B	T	I	V	S	B	C	U	T	Q	T	U	C	S	I	I	Z	S
X	K	W	K	X	A	J	Y	Y	F	G	S	I	A	X	L	E	R
U	M	O	N	Z	T	U	A	N	O	R	T	S	A	G	A	X	Y
S	G	I	N	W	O	S	H	F	D	Q	I	T	K	P	R	K	Q
Z	T	T	R	F	O	A	Q	I	V	U	C	E	I	Y	I	Y	T
D	J	C	F	H	L	C	J	G	O	I	Q	S	N	Q	O	H	O
J	H	O	W	O	S	S	T	V	E	E	J	R	D	D	U	P	T
Q	Q	E	F	N	X	G	L	U	T	T	O	N	O	U	S	X	Q
X	A	K	N	L	Q	P	K	S	U	H	H	V	L	H	I	E	I
L	H	T	O	J	N	H	Q	P	A	A	W	X	N	D	I	Y	X
H	D	H	T	U	E	R	L	G	T	X	I	D	L	I	H	F	F
I	I	S	K	V	N	G	K	E	B	A	N	K	T	G	C	J	R

astronaut
ilona andrews
mate
chief
ruler
gluttonous
caustic
lyricist
quiet
best friends ex
kind
hilarious

E	A	B	M	E	S	T	I	R	I	P	S	H	G	I	H
B	T	D	M	K	L	K	A	R	I	N	N	Y	J	E	H
Q	Y	S	E	V	L	O	V	E	L	Y	Z	N	C	I	E
A	K	K	C	T	J	L	C	I	V	Q	R	T	X	J	C
S	N	P	H	N	A	R	T	A	P	J	E	E	F	Z	K
N	O	A	A	O	I	R	O	N	S	Z	O	F	W	M	A
W	M	H	N	S	C	D	A	C	A	S	Y	X	Y	G	A
H	O	M	I	Q	Q	B	E	L	K	T	Y	W	U	F	U
Y	S	Z	C	W	W	E	S	F	I	S	S	L	E	J	B
I	P	C	H	Y	Q	W	T	S	B	H	T	I	A	Y	Y
L	I	O	J	V	Q	I	R	A	E	J	X	A	D	S	W
G	R	C	V	D	F	D	A	H	V	R	B	E	R	F	Z
Y	I	W	I	G	N	X	N	E	E	I	T	M	L	X	U
L	T	G	J	O	H	B	G	P	W	Q	R	C	Q	Z	V
R	E	T	E	R	P	R	E	T	N	I	C	P	A	V	G
O	D	C	G	B	U	O	D	K	M	S	H	B	W	R	V

estranged
high spirits
alyssa cole
exhilarated

actress
spirited
lovely
private

interpreter
distant
rock star
mechanic

D	L	D	O	D	D	S	S	D	S	B	Y	K	E	Y	E	Y	V	F
G	U	X	D	E	R	E	P	M	E	T	-	K	C	I	U	Q	I	L
S	P	V	J	V	G	S	G	G	R	P	J	J	J	A	D	O	K	H
U	Z	Y	G	G	Q	W	Z	O	Q	A	P	F	D	W	F	B	V	Q
J	U	L	I	E	A	.	R	I	C	H	M	A	N	P	G	L	I	J
O	M	U	C	R	C	M	B	E	V	A	G	N	N	Y	Q	T	Z	M
R	U	N	G	I	Y	R	G	V	J	X	U	D	V	D	P	A	F	M
T	L	N	E	N	A	G	Y	O	V	I	K	M	O	H	I	L	J	O
K	K	T	Z	S	A	O	O	X	L	V	C	E	D	D	Z	K	S	J
S	U	N	K	T	E	O	N	T	Y	Y	E	Y	C	Q	X	I	H	U
L	O	R	A	E	N	J	H	I	F	P	M	M	Y	N	B	A	O	S
L	D	B	D	R	D	Y	X	N	S	P	O	Q	H	N	A	S	N	Y
F	J	Q	U	L	E	U	S	A	E	R	O	E	C	Q	P	M	L	H
X	T	F	C	I	A	H	J	I	L	L	U	S	T	R	A	T	O	R
E	T	H	R	N	R	N	C	Z	O	D	E	U	L	Q	M	A	J	R
E	S	L	Y	G	I	G	N	T	I	N	X	H	E	M	Y	H	O	T
T	F	M	X	Z	N	V	L	E	A	L	E	R	T	N	Z	Y	U	B
Z	Q	B	N	W	G	T	D	P	W	C	L	T	K	S	H	P	K	I
H	W	F	H	Y	I	R	S	D	Y	W	U	V	J	Q	S	V	W	U

alert
quick-tempered
erin sterling
catcher
kidnapped
romance
julie a. richman
noisy
endearing
poet
illustrator
helen hoang

X	R	T	N	J	Z	H	Y	G	C	H	G	V	A	B	N	B	Q	G	V	Q
Y	S	T	W	P	T	C	R	A	F	D	P	A	X	X	W	J	L	G	T	W
R	B	Y	N	N	A	D	T	N	I	H	A	E	K	A	T	Z	I	M	M	X
V	Z	F	R	J	K	B	C	Q	Q	I	I	L	Y	B	Y	A	D	I	Q	B
Z	D	K	P	J	N	H	Z	K	L	E	E	N	G	A	G	E	M	E	M	T
F	E	N	A	X	H	A	A	O	F	J	M	J	X	E	P	Q	K	M	W	R
J	K	L	O	G	G	P	T	C	A	Z	T	S	B	B	Y	R	C	M	R	Z
W	W	M	B	V	X	H	D	L	P	Z	X	Y	S	A	S	W	A	X	M	Q
S	H	M	A	I	Q	S	T	L	U	L	O	J	W	F	S	I	L	A	U	F
G	P	F	C	I	D	Z	C	E	Z	G	V	Q	R	A	E	B	Y	S	O	C
O	X	C	L	M	P	U	V	F	U	J	S	H	B	E	E	E	F	W	F	H
Y	I	R	F	P	H	R	Y	Z	N	E	P	O	D	Q	T	E	D	W	K	M
S	T	N	R	E	T	R	O	P	M	I	G	Q	Q	Q	L	I	U	P	X	M
U	N	G	U	A	R	D	E	D	A	C	L	Q	E	M	P	E	R	O	R	A
A	T	K	D	E	F	D	W	D	U	I	L	V	R	I	L	B	N	W	L	S
R	M	E	Z	O	D	U	R	F	E	C	N	I	R	P	O	C	Y	T	H	M
J	Y	Q	H	F	E	F	Q	X	A	B	E	T	W	I	M	K	T	H	R	O
C	V	M	B	Z	F	B	O	S	C	H	P	R	E	T	A	I	L	E	R	G
I	N	E	M	L	T	U	P	X	H	E	P	A	G	R	V	Y	L	D	D	N
Q	W	G	A	Z	I	T	F	W	R	M	X	N	L	M	L	S	C	U	M	Q
H	F	E	M	T	C	A	Q	T	E	L	T	C	Y	G	B	N	T	A	K	N

take a hint danny br
writer
emperor
unguarded

importer
open
glad
producer

prince
engagememt
painter
retailer

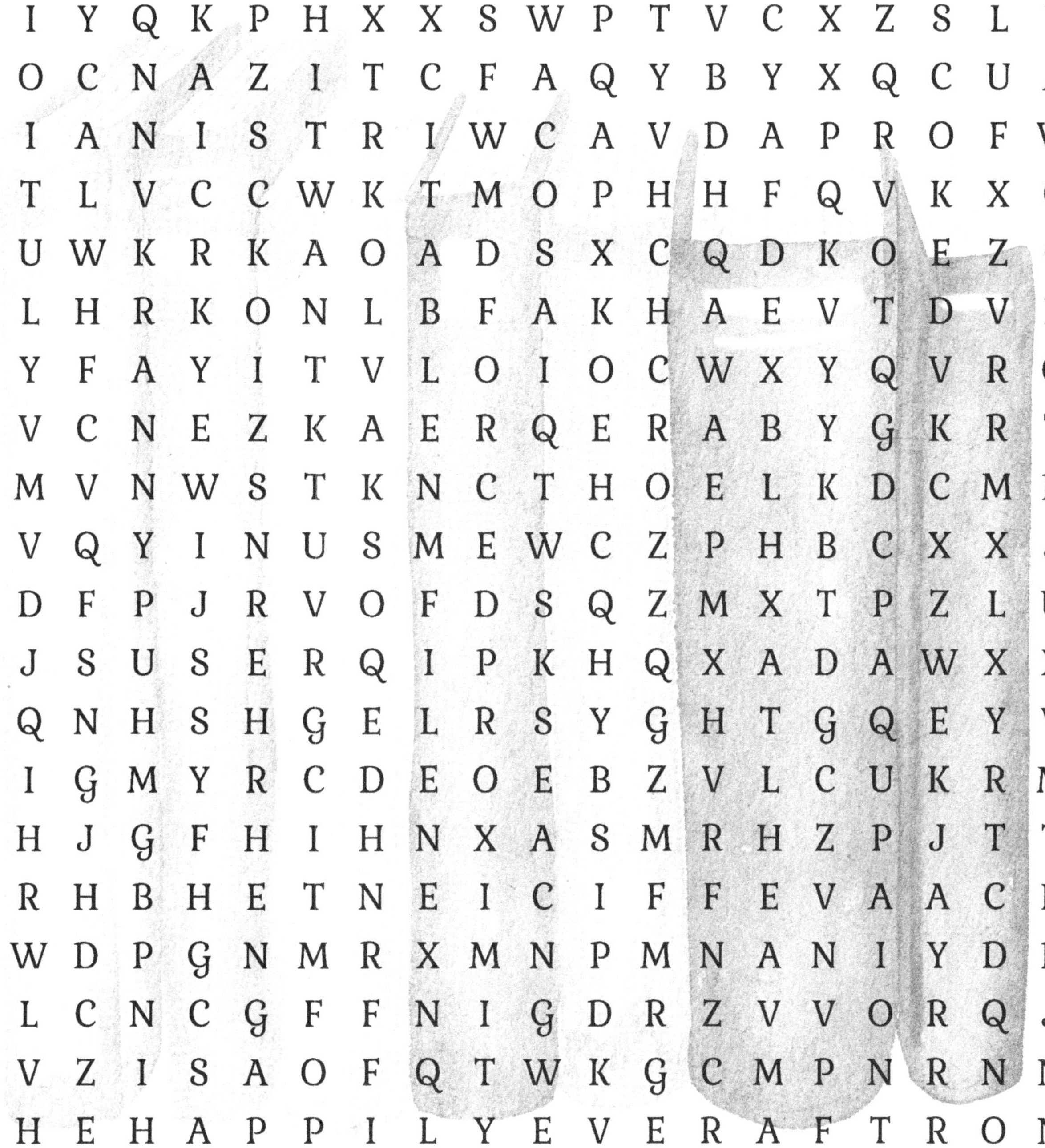

Y	W	C	Y	D	M	P	E	X	E	K	A	Q	L	V	D	K	S	J	S	C	F
W	S	I	Y	Q	K	P	H	X	X	S	W	P	T	V	C	X	Z	S	L	Y	F
A	I	O	C	N	A	Z	I	T	C	F	A	Q	Y	B	Y	X	Q	C	U	A	Z
V	P	I	A	N	I	S	T	R	I	W	C	A	V	D	A	P	R	O	F	W	C
U	V	T	L	V	C	C	W	K	T	M	O	P	H	H	F	Q	V	K	X	G	Q
I	A	U	W	K	R	K	A	O	A	D	S	X	C	Q	D	K	O	E	Z	C	N
O	P	L	H	R	K	O	N	L	B	F	A	K	H	A	E	V	T	D	V	B	H
N	K	Y	F	A	Y	I	T	V	L	O	I	O	C	W	X	Y	Q	V	R	O	L
T	I	V	C	N	E	Z	K	A	E	R	Q	E	R	A	B	Y	G	K	R	T	X
A	Z	M	V	N	W	S	T	K	N	C	T	H	O	E	L	K	D	C	M	D	I
Z	D	V	Q	Y	I	N	U	S	M	E	W	C	Z	P	H	B	C	X	X	J	M
X	Z	D	F	P	J	R	V	O	F	D	S	Q	Z	M	X	T	P	Z	L	U	W
Z	D	J	S	U	S	E	R	Q	I	P	K	H	Q	X	A	D	A	W	X	X	M
Q	F	Q	N	H	S	H	G	E	L	R	S	Y	G	H	T	G	Q	E	Y	V	Z
Y	H	I	G	M	Y	R	C	D	E	O	E	B	Z	V	L	C	U	K	R	M	O
U	T	H	J	G	F	H	I	H	N	X	A	S	M	R	H	Z	P	J	T	T	A
X	Z	R	H	B	H	E	T	N	E	I	C	I	F	F	E	V	A	A	C	K	L
C	G	W	D	P	G	N	M	R	X	M	N	P	M	N	A	N	I	Y	D	B	N
U	U	L	C	N	C	G	F	F	N	I	G	D	R	Z	V	V	O	R	Q	J	C
O	W	V	Z	I	S	A	O	F	Q	T	W	K	G	C	M	P	N	R	N	N	A
S	T	H	E	H	A	P	P	I	L	Y	E	V	E	R	A	F	T	R	O	N	D
M	C	A	S	M	V	P	U	J	Q	Q	F	T	A	C	D	Y	C	V	F	C	K

treat
the road trip
cynical
senator
forced proximity
blacksmith
coroner
pianist
serious
excitable
efficient
the happily ever aft

J	O	W	C	G	P	M	Q	X	M	E	C	L	C	P	M	Y	I	S	B	Z	F
Q	K	C	V	U	U	V	U	I	H	H	V	J	C	X	T	K	R	E	K	I	O
D	L	U	O	G	C	I	A	F	B	Y	V	O	O	P	J	O	A	N	F	G	M
E	I	W	R	N	B	K	W	A	I	O	U	I	L	J	X	I	A	S	Y	K	H
E	U	U	Y	E	W	J	X	E	E	K	R	S	B	T	T	D	E	I	H	T	A
P	R	R	L	A	V	A	O	A	T	B	Z	E	K	Y	O	L	A	T	M	O	L
L	J	E	Y	R	O	O	W	B	W	R	C	J	R	G	Q	N	Q	I	O	W	E
M	O	Y	C	U	Q	C	L	I	A	K	E	F	P	P	T	E	X	V	N	Z	Q
K	E	K	T	N	U	I	T	S	W	O	W	R	N	F	Z	V	Y	E	K	T	B
D	J	A	Z	O	O	L	N	G	D	R	H	J	E	Z	Z	X	S	G	S	G	Y
U	P	E	B	J	E	N	U	Y	S	N	L	V	K	C	D	I	L	V	D	G	A
O	K	Q	V	B	A	W	I	J	I	V	E	Q	M	D	N	A	Y	M	T	Y	Y
F	U	Y	F	I	Y	U	T	S	L	K	R	I	O	S	T	I	G	N	M	W	U
C	Y	V	U	Q	S	J	U	N	U	O	E	B	R	I	J	L	S	O	E	X	P
V	C	C	R	X	Y	U	I	C	E	O	G	C	A	F	E	I	F	E	F	N	D
J	L	S	E	Z	V	B	L	M	X	T	C	M	L	T	T	R	E	X	Z	Z	O
B	D	Z	R	X	P	X	O	C	I	Z	N	T	H	L	O	S	Q	J	W	I	M
N	N	A	J	N	H	Y	T	Y	E	N	C	O	S	H	U	C	E	N	J	O	H
N	A	R	V	V	D	L	T	B	J	R	E	H	C	R	A	T	A	B	O	O	Q
J	U	F	U	T	H	A	U	T	Z	N	Z	Z	B	Z	I	U	A	S	X	K	P
K	X	L	H	J	P	Z	N	Y	W	K	Q	A	V	P	V	F	L	F	L	M	Q
M	K	W	N	W	Z	T	N	Q	D	A	U	N	F	E	B	U	C	T	W	N	E

best friends lover
abby jiminez
first cousin once re
monk

taboo
dainty
content
reclusive

sensitive
archer
sincere
sex not love

L	P	E	X	N	V	S	W	Z	K	E	S	G	O	L	J	E	Q	H	O	C	T
Q	G	X	K	R	Z	V	A	Z	L	W	H	S	U	I	C	E	J	Q	L	O	B
H	J	C	I	N	B	A	W	B	N	V	Q	N	S	M	R	O	W	K	P	H	S
D	I	M	Y	X	D	R	E	G	Z	O	O	C	Q	L	L	Z	F	I	K	E	T
G	I	S	E	D	H	W	T	J	P	F	I	F	R	B	C	M	P	R	J	V	R
I	A	D	T	O	N	W	S	U	M	L	G	T	D	O	X	K	H	Y	Z	I	O
X	W	L	R	O	K	D	R	X	F	D	J	R	A	Z	B	N	C	R	K	Y	N
X	A	J	K	E	R	G	S	N	A	H	E	A	R	T	W	A	R	M	I	N	G
M	C	Y	A	P	W	I	F	M	S	Q	X	S	N	B	L	N	L	E	M	J	K
J	W	T	H	S	V	A	C	Y	E	T	J	N	O	I	L	U	H	X	R	F	B
Z	W	S	C	F	V	M	L	A	P	D	M	K	W	C	T	H	X	J	B	I	O
M	N	P	O	H	Z	K	G	-	L	F	W	P	M	R	H	O	V	E	O	O	B
Q	N	F	U	E	S	F	U	I	N	R	X	V	P	A	Q	X	R	L	R	T	N
K	V	L	N	E	Y	U	U	J	L	I	O	C	R	F	T	T	W	D	X	Y	H
F	S	Y	R	D	U	N	R	D	B	V	-	M	T	T	Z	Q	V	E	S	Z	L
E	S	V	T	C	J	R	V	I	J	E	F	R	A	Y	K	N	A	R	C	M	V
K	N	W	Y	V	H	O	Z	Z	D	A	G	T	E	N	C	M	O	W	H	L	E
E	S	W	B	W	L	R	Z	M	K	C	Z	F	G	H	C	O	E	E	L	M	J
W	M	C	O	P	H	W	Y	V	W	R	U	O	L	M	T	E	O	L	B	X	A
W	K	B	Y	G	P	E	T	O	J	S	B	C	B	N	R	O	N	N	M	M	M
H	Z	C	C	F	P	C	I	G	Y	K	P	W	J	Y	J	R	M	F	L	R	G
T	D	H	U	Y	P	Q	O	P	P	O	L	Q	O	R	O	Q	Y	J	O	N	A

cop
elder
strong
historical romance

crafty
counrty boy
exultation
janitor

tycoon
cranky
heartwarming
mother-in-law

V	F	F	F	N	A	M	N	D	F	L	E	O	D	L	S	C	Z	W	X	E	I	E	C
L	N	Z	E	A	Z	P	N	J	F	D	E	P	E	S	J	C	H	V	D	O	K	V	S
C	J	X	L	S	R	V	H	S	F	K	R	X	C	D	G	Z	C	I	F	C	X	H	U
I	O	C	H	S	N	O	I	T	A	L	E	R	F	F	O	N	R	O	W	S	K	H	D
U	E	K	U	S	O	B	A	N	L	P	F	D	B	V	X	L	T	G	J	A	B	D	D
N	D	P	Y	Z	C	L	H	S	A	H	V	Y	G	C	K	Q	W	P	Z	N	I	D	E
W	T	K	X	H	O	I	M	Z	C	P	N	S	T	N	Y	F	I	N	R	O	L	F	N
E	X	U	E	W	M	G	R	A	D	E	Q	D	N	V	A	O	N	C	M	N	J	U	/
C	O	N	O	T	S	I	U	Q	C	M	Y	S	A	C	D	B	S	S	F	J	U	F	U
C	H	T	J	R	W	N	Z	O	V	I	A	C	F	Q	Q	H	I	R	K	J	E	H	N
Y	P	O	W	R	T	G	U	B	B	C	Z	M	B	P	A	N	S	R	V	D	F	V	E
W	O	L	F	V	D	N	D	L	J	P	M	H	D	K	D	M	T	K	H	O	K	Q	X
D	X	I	E	I	D	Z	E	R	U	S	A	E	L	P	F	O	E	C	R	U	O	S	P
E	L	O	G	O	V	C	B	M	E	T	S	L	D	Q	I	F	R	J	H	O	I	B	E
Y	F	B	Y	K	X	X	Z	I	R	L	B	U	I	L	D	E	R	A	V	C	U	E	C
E	B	Y	X	R	G	C	Q	E	R	A	G	X	J	C	C	Q	D	T	X	Y	G	K	T
I	N	J	E	M	W	N	V	O	U	H	R	N	X	I	W	K	L	U	X	M	N	H	E
F	C	V	T	W	G	F	P	E	E	X	M	E	A	Y	C	C	M	D	G	F	O	Y	D
X	Y	S	S	I	V	Q	K	A	P	T	K	X	F	R	U	A	R	H	D	D	F	V	B
Q	L	A	T	L	U	E	O	T	H	C	K	K	B	I	W	W	O	B	K	O	D	L	A
B	V	Z	X	I	J	J	I	U	X	P	R	Q	F	M	N	W	G	O	E	E	Z	N	D
E	B	V	K	M	B	Q	U	C	A	R	F	N	C	Y	Y	N	O	M	I	R	T	A	M
T	U	V	I	I	Y	M	C	K	P	R	Z	Y	X	S	D	C	E	I	F	S	X	G	Y
D	Q	B	A	V	I	M	M	A	T	U	R	E	D	J	F	C	W	J	A	S	X	U	E

casy mcquiston
flow
builder
immature
sworn off relationsh
twin sister
obliging
wrangler
sudden/unexpected ba
matrimony
source of pleasure
jennifer armentrout

L	J	O	L	D	L	R	E	B	G	P	C	K	M	G	T	P	B	D	F	H	Z	N	L
H	C	Q	I	Z	O	P	G	E	E	M	D	B	Z	S	G	L	E	N	B	Z	L	B	U
C	V	O	C	U	V	W	I	B	T	L	R	E	G	R	K	C	C	C	G	F	W	Z	S
A	A	N	P	J	E	N	T	W	A	A	B	T	O	Q	I	B	S	U	H	E	V	G	Q
M	W	N	A	M	M	W	U	C	K	I	R	I	O	P	K	F	E	F	I	M	X	A	O
B	O	I	T	N	E	I	V	A	I	L	Y	E	C	S	J	N	D	X	U	H	G	Z	L
K	G	T	C	A	I	H	P	X	C	N	S	B	D	S	I	E	L	E	G	O	A	Y	H
O	Y	R	V	Z	N	E	I	R	K	U	T	L	C	I	A	G	G	H	W	J	D	P	E
L	F	Z	D	L	T	K	P	G	O	O	L	E	E	J	S	R	F	U	V	I	L	J	T
X	G	Y	Y	R	H	J	E	P	U	V	K	E	H	D	G	N	I	T	S	D	Y	F	Z
Z	S	A	Q	R	E	T	U	R	T	S	O	F	D	A	N	L	O	U	O	P	S	G	C
D	I	C	P	Q	D	N	C	C	O	Z	F	C	M	N	G	P	C	C	E	F	O	P	P
Y	V	R	R	E	A	E	I	G	F	U	Y	V	A	D	E	W	Q	B	N	Q	H	L	H
O	B	O	W	G	R	R	W	A	E	A	S	V	K	T	Q	J	N	G	X	I	H	T	D
S	S	M	T	S	K	K	F	Y	R	F	M	W	G	C	I	P	Y	A	F	D	M	G	N
O	H	V	D	I	J	U	I	X	L	T	W	F	A	R	P	V	X	W	Y	D	R	Q	B
N	U	U	P	I	V	E	R	N	L	W	M	D	V	A	U	C	E	W	V	S	P	I	H
J	B	X	G	O	Q	W	Q	A	E	Q	E	Y	K	M	A	R	P	H	S	A	T	A	O
B	J	L	B	B	R	T	H	Y	V	S	Y	N	N	U	S	R	K	G	P	J	G	M	Q
A	M	T	L	N	Y	Y	U	Z	X	R	S	J	W	C	L	E	E	F	S	U	U	X	W
L	E	J	P	G	B	W	I	U	K	Y	K	C	H	D	I	M	O	V	Q	K	L	G	V
J	K	Z	C	V	A	F	Q	G	L	Z	I	G	B	M	V	G	S	B	J	X	K	B	O
X	P	T	G	U	Y	N	Q	A	I	Y	F	A	J	D	W	F	P	R	Y	N	Z	B	G
Y	E	S	E	C	R	E	T	R	O	Y	A	L	/	B	I	L	L	I	O	N	I	A	F

love me in the dark
inconsiderate
secret royal/billion
jen deluca
newlywed
cantankerous
provocative
trainer
irascible
perkiness
sunny
get a kick out of

Q	P	D	U	S	Q	G	B	E	J	R	W	H	C	E	Y	F	T
Y	L	U	Q	F	T	R	J	H	I	T	F	T	M	F	P	D	V
D	E	D	A	E	H	-	L	O	O	C	T	S	W	Q	A	H	F
Y	A	W	R	X	F	S	Y	U	F	L	Q	G	S	T	S	H	B
P	S	W	B	E	V	R	J	X	F	X	A	S	U	A	F	K	L
M	A	X	C	D	L	V	Y	C	P	I	O	C	I	Q	A	U	X
E	N	S	A	B	E	B	I	T	N	P	T	H	F	I	V	Q	D
G	T	C	R	W	E	D	B	G	W	L	O	U	Y	R	O	V	S
A	V	D	R	R	E	E	N	O	I	T	C	U	A	X	R	C	G
Y	L	M	N	A	G	V	S	I	C	Q	Y	A	Z	E	A	K	X
G	K	Y	J	D	Z	E	T	S	M	Y	Y	N	J	Y	B	W	S
A	D	P	Y	I	E	O	Y	X	V	-	H	Q	J	M	L	T	U
Z	R	S	L	A	E	L	I	A	K	Y	T	Y	A	I	E	S	A
F	M	W	N	N	M	V	K	R	U	W	L	N	W	S	Z	A	U
L	D	S	R	T	D	W	Z	R	X	K	A	Y	E	S	S	R	Y
N	S	L	K	E	V	V	T	L	A	F	N	R	P	S	H	I	E
H	D	O	E	E	J	U	O	P	Z	P	N	R	X	O	B	N	K
R	L	S	S	E	R	T	S	M	A	E	S	I	D	A	R	A	P

favorable
absent-minded
sparkle
cobbler

tsarina
paradise
pleasant
seamstress

beautiful
auctioneer
cool-headed
radiant

E	N	A	C	P	E	R	S	A	X	L	O	K	L	W	U	M	X	N
G	W	A	L	Q	E	S	C	I	D	U	Y	K	N	R	T	A	F	T
A	I	E	M	H	O	K	S	C	P	D	S	T	N	E	B	X	W	D
K	L	P	B	E	U	P	N	W	B	Y	A	H	S	X	R	U	H	H
V	L	I	L	S	G	H	X	D	A	S	N	D	F	A	R	A	C	Y
F	I	N	B	I	H	A	Q	J	I	T	E	H	H	L	N	J	G	P
A	N	C	Q	S	D	E	B	H	U	O	O	T	C	X	J	D	E	E
L	G	O	E	Z	W	E	Y	R	V	I	R	F	O	B	Z	Y	I	R
K	A	D	S	-	D	Y	G	T	A	C	L	R	C	T	N	W	Y	C
Z	M	M	A	W	P	F	P	X	R	G	Y	L	Y	Z	F	S	H	R
U	R	H	R	A	L	R	Z	A	X	I	O	N	O	K	U	A	T	I
X	Q	E	T	O	G	P	E	B	T	M	D	F	P	G	J	F	U	T
K	Q	K	N	Y	N	U	Z	S	R	E	Q	E	I	H	I	T	G	I
A	Y	C	V	G	V	B	R	E	I	B	R	S	T	X	M	C	H	C
U	D	H	B	E	I	O	A	L	V	D	J	N	K	J	D	W	A	A
A	P	X	W	L	P	S	I	I	T	I	E	F	A	L	M	U	J	L
Q	G	A	S	K	N	Y	E	B	T	R	A	N	S	L	A	T	O	R
D	D	B	Z	N	J	M	L	D	Y	U	U	K	T	O	R	C	H	C
E	I	K	P	W	Q	F	L	X	X	S	T	B	T	O	G	D	B	W

stoic
willing
dirty
hypercritical

nasty
vice-president
garbage man
illogical

translator
designer
paternal
abnormal

R	V	C	Z	A	R	K	L	M	X	X	S	E	Y	K	R	J
U	W	S	V	G	P	M	N	I	V	S	Y	H	C	S	M	Q
Q	M	D	Y	W	I	R	E	M	A	N	N	E	D	I	A	M
D	I	Y	R	U	A	R	F	L	C	E	M	B	I	Q	P	T
Z	A	N	F	E	N	D	L	M	T	L	R	K	Y	G	V	S
Z	B	O	O	N	A	A	B	N	X	T	A	U	Y	V	A	W
F	B	D	R	C	F	R	F	D	E	Q	F	C	I	U	R	X
U	J	U	B	P	U	K	Y	F	E	X	T	F	I	G	S	R
P	D	N	H	Y	Q	E	N	R	E	S	T	Z	R	G	H	W
F	S	R	E	V	I	R	D	B	A	C	W	D	S	E	O	Q
G	Z	W	L	H	E	N	R	S	N	O	T	C	O	S	N	L
L	H	X	P	C	S	J	S	X	I	N	T	E	N	O	O	Y
J	T	P	M	L	F	.	H	H	N	S	D	U	D	V	R	R
A	H	Q	A	Y	Q	X	J	E	C	U	H	T	P	N	P	I
G	F	M	T	T	H	O	Z	.	V	L	D	Z	L	I	L	P
C	K	V	E	N	Q	A	N	U	L	Y	E	D	Y	K	E	J
U	W	H	G	H	E	I	A	T	B	Y	V	J	N	S	M	U

maiden name
spice
l.j. shen
unaffected
cab driver
darker
consul
logical
honor
girl next door
dreary
helpmate

C	U	D	Q	O	I	P	H	L	O	B	P	Q	F	G	G	V
M	A	N	U	K	E	Q	N	N	C	Y	Z	X	O	R	J	Q
L	U	C	K	P	B	A	Y	R	S	Q	X	Y	O	R	N	H
M	B	K	H	J	B	G	X	H	C	E	Y	K	L	U	S	X
G	R	M	R	U	I	Z	B	P	N	F	C	X	R	B	A	H
Y	J	H	I	O	R	E	S	O	P	M	O	C	I	N	R	C
Q	B	G	N	H	T	L	P	V	L	B	W	E	G	L	A	K
Y	G	E	A	W	H	A	I	R	B	P	B	W	X	Y	H	L
H	R	D	C	C	M	M	G	S	I	K	O	Y	Q	B	M	K
T	J	C	T	Y	O	L	Z	I	H	N	Y	L	H	I	A	I
D	B	W	I	B	T	P	X	I	T	P	C	Y	I	V	C	V
O	Y	G	V	L	H	X	W	N	J	S	M	E	Z	C	L	M
M	N	T	E	M	E	P	E	Z	G	O	E	G	F	A	E	L
D	N	D	K	T	R	G	J	C	Z	D	T	V	S	E	A	S
D	S	D	R	O	T	A	N	E	S	U	B	G	N	P	N	X
D	Q	F	O	L	G	W	C	A	Z	R	H	X	Y	I	L	D
I	O	V	D	A	Z	Q	Q	Y	B	N	M	U	Z	C	I	Z

cowboy
sarah maclean
angelic
sulky

composer
police
prince
inactive

senator
investigator
churlish
birth mother

K	O	O	J	W	B	S	A	C	M	J	R	K	I	X	H	I	B	Q	Q	Z
X	D	G	O	A	O	M	Z	Z	G	H	R	P	R	P	J	C	E	I	O	D
W	I	E	R	U	M	A	N	A	G	E	M	E	N	T	T	E	C	D	L	W
Y	V	B	R	O	T	H	E	R	L	Y	A	C	W	O	H	P	Q	W	H	M
X	V	W	G	U	T	O	K	Q	I	U	Z	C	R	P	I	W	A	Q	Q	V
I	P	D	M	O	M	C	X	O	P	I	J	Z	E	M	N	M	P	X	L	K
Q	S	B	P	O	T	E	U	Y	Y	I	M	X	O	W	G	X	N	I	I	H
I	B	P	Y	D	V	Q	D	R	O	M	C	O	M	J	S	G	L	I	P	S
Y	H	D	H	F	N	X	B	X	T	D	P	K	N	R	Y	B	J	O	M	A
X	R	H	E	Y	P	R	E	G	I	S	T	R	A	R	O	N	Z	D	Y	C
O	Z	S	S	S	Q	U	R	P	O	Q	N	A	F	N	U	Z	X	D	I	B
J	S	R	T	K	K	K	T	N	Z	M	T	I	R	K	S	B	S	H	S	H
Y	U	U	H	X	H	U	R	I	I	K	M	R	K	M	A	N	W	N	C	C
P	A	C	O	O	C	T	M	P	K	O	X	E	W	A	V	F	I	O	Y	Y
A	N	B	V	I	Z	X	Q	Y	S	L	V	J	Q	L	E	A	M	W	L	P
R	B	V	M	R	C	J	M	N	D	L	L	Z	X	X	I	W	W	T	T	S
C	Y	R	M	G	S	I	Y	D	A	A	Z	F	X	U	N	J	K	D	F	I
Y	Z	N	C	K	R	M	P	D	U	W	K	P	Z	I	A	P	R	A	Q	B
J	N	U	W	L	Z	E	Z	S	W	Q	A	W	E	Q	C	X	B	H	E	B
S	X	G	W	W	H	Q	F	Q	U	L	O	H	V	M	W	R	K	R	D	M
U	L	Z	X	X	Z	L	W	B	C	S	M	P	K	K	F	J	C	J	L	D

instructor
registrar
slow burn
brotherly

weak
management
czar
romcom

suspicious
demure
twins
things you save in a

H	V	G	T	L	I	J	Z	T	G	V	Z	C	R	M	P	U	Z	R	M	D	R	V
X	E	S	P	L	A	W	T	R	B	L	W	Z	X	A	R	Y	X	N	W	W	J	R
R	Y	K	X	P	H	A	S	G	J	A	L	A	N	R	E	T	A	M	K	G	M	Y
Z	E	C	K	X	O	P	R	H	H	P	K	V	R	I	S	R	V	J	P	L	Z	V
L	P	H	Z	W	U	L	T	K	A	Y	K	N	G	F	I	Z	X	L	C	D	J	R
N	K	N	T	M	Z	B	S	W	T	E	T	H	Y	Z	D	A	N	H	V	I	A	X
C	G	J	T	O	D	V	Z	X	B	P	I	W	Q	P	E	G	I	O	D	S	L	J
U	I	L	F	K	R	Y	K	A	A	B	Y	L	Q	S	N	B	T	G	P	Y	Z	U
G	Q	T	L	B	E	B	M	C	G	W	T	F	D	L	T	W	T	Q	Z	U	P	M
Z	L	E	S	S	E	R	P	M	I	T	S	R	I	F	D	N	O	C	E	S	Q	Y
J	X	D	F	I	U	Y	U	E	J	S	P	F	O	K	O	B	U	T	Y	C	Y	N
P	J	E	X	L	L	G	A	W	T	Y	D	I	K	W	A	F	V	T	Y	N	L	Q
A	K	R	U	K	Q	A	M	Q	Z	S	N	B	K	J	H	P	P	F	E	D	T	M
G	E	R	L	N	L	K	N	U	R	H	C	O	C	N	O	S	I	L	A	N	Y	J
O	A	K	V	U	L	A	A	R	G	M	S	E	N	G	A	G	I	N	G	D	T	K
F	Y	C	G	Y	H	C	C	R	E	E	M	P	E	R	O	R	H	D	O	H	V	B
O	K	A	Q	G	E	F	H	S	J	T	E	T	M	Z	X	V	F	Y	O	C	J	Z
Y	R	Y	N	E	Z	X	R	E	L	A	A	O	F	F	J	Z	S	A	D	N	M	R
J	X	U	R	Z	F	S	K	Z	L	N	C	P	Y	C	D	Z	T	V	L	U	Z	P
A	E	R	I	K	A	T	R	P	W	K	V	D	K	U	W	G	K	I	G	L	R	Y
D	T	Y	I	E	G	K	D	L	Y	B	O	O	J	P	S	B	W	L	D	E	E	V
W	E	I	A	Z	K	M	I	U	A	E	R	G	H	Z	M	C	V	I	F	Y	O	C
P	P	F	Z	U	A	N	V	T	R	I	J	V	R	I	F	N	P	E	W	R	E	G

bbw
maternal
ella frank
alison cochrun

stepbrother
paternalistic
president
engaging

top dog
good
emperor
second first impress

B	K	G	L	A	B	D	G	S	K	S	N	Q	O	S	R	Q
L	E	G	A	L	A	I	D	E	B	M	H	D	F	C	O	X
D	X	Z	C	H	A	R	M	I	N	G	O	C	L	I	E	W
V	L	E	L	A	T	E	D	G	O	U	A	H	D	E	N	S
V	N	I	G	R	O	C	E	R	S	Q	L	U	T	N	E	F
S	X	A	H	F	N	T	Y	M	L	U	B	R	U	T	K	W
U	V	E	I	C	B	I	R	T	H	D	A	Y	G	I	R	L
U	G	U	Q	C	P	W	A	E	S	C	Z	T	V	S	Z	R
S	T	E	U	U	I	E	Y	T	H	E	G	Y	Y	T	A	C
W	U	F	A	F	K	R	T	I	F	C	J	S	J	C	N	H
K	I	X	W	U	M	I	T	S	V	E	R	A	J	R	W	B
I	T	M	S	Z	F	Q	E	C	O	Z	I	A	M	Z	T	J
H	I	E	J	C	V	T	Z	U	E	S	L	H	E	O	A	K
V	Y	B	J	U	H	B	X	M	A	L	U	K	C	S	Y	W
C	S	E	B	K	E	H	X	S	B	W	E	D	C	E	E	H
T	D	M	E	A	H	I	Y	A	Q	G	B	T	V	M	I	R
L	A	E	R	U	F	Z	O	F	L	V	S	T	N	E	K	L

grocer
elated
legal aide
birthday girl

researcher
direct
scientist
chieftain

charming
electrician
majesty
stepchild

L	L	Q	Q	I	V	N	S	K	A	I	O	Q	M	G	O	L	Y
N	B	M	L	N	A	Y	R	Y	D	E	N	N	E	K	E	G	Q
R	V	E	I	R	E	D	R	R	Q	B	Q	U	T	Y	V	E	M
P	F	T	N	E	K	U	O	W	A	X	X	Y	I	F	S	C	Q
B	C	F	R	X	F	U	K	J	J	L	W	Z	C	Z	R	D	T
Z	S	O	M	H	L	U	C	D	Z	Z	U	O	U	O	D	U	A
X	K	S	N	U	L	F	E	I	H	K	V	P	L	U	Y	H	Y
M	D	M	Q	S	O	O	Q	S	L	I	I	E	O	S	D	Q	X
X	Y	E	Q	B	C	G	V	C	E	L	Z	F	U	P	N	I	E
Z	S	G	D	A	S	I	E	E	K	R	U	G	S	T	N	Y	K
S	W	Q	H	N	U	U	E	R	T	B	E	M	A	Q	A	U	B
I	D	P	A	D	I	O	O	N	N	R	K	T	N	S	I	H	O
J	M	W	H	I	N	W	U	I	T	S	I	N	R	E	T	N	I
U	A	W	G	F	R	A	-	N	X	I	R	A	L	O	A	B	N
T	E	V	F	U	P	C	G	G	Z	O	O	N	N	N	P	M	W
S	T	X	I	B	K	P	S	V	N	T	N	U	K	G	X	E	M
N	S	B	G	B	Y	Z	U	S	G	O	P	B	S	J	L	H	R
D	C	J	H	H	L	T	L	X	P	W	L	H	O	H	M	E	M

long-winded
kennedy ryan
love triangle
ex husband

obnoxious
discerning
meticulous
internist

slow
reporter
conscientious
unpopular

M	F	B	Z	S	T	U	T	G	S	C	W	D	G	Y	C	G
A	C	N	X	V	U	R	A	K	E	U	U	Z	S	I	D	N
W	F	P	S	E	W	C	B	R	P	E	O	U	N	E	F	X
T	I	I	R	E	I	K	I	Q	L	Q	C	L	A	T	G	D
P	T	C	Q	A	U	C	B	W	T	N	G	N	U	P	K	Y
U	T	E	N	N	H	S	X	B	E	Q	T	Y	A	B	M	X
G	I	N	J	J	R	S	H	A	T	T	Z	I	K	I	A	H
C	K	F	E	H	J	P	C	W	J	R	I	N	S	Y	F	F
Q	D	C	L	T	Y	A	H	H	V	S	I	L	X	L	T	L
G	Q	V	T	U	E	S	G	O	O	D	M	O	O	D	S	Y
E	G	D	V	P	T	P	T	C	M	L	W	R	U	P	S	A
T	O	E	T	I	I	I	M	E	W	R	A	C	E	P	U	T
Z	B	G	N	J	U	W	S	O	R	P	Z	R	W	B	E	B
F	P	O	C	E	O	W	I	T	C	I	D	D	K	Z	F	Z
B	P	T	G	Y	R	V	B	N	U	F	C	B	K	B	U	U
Z	M	A	R	I	N	A	Z	A	P	A	T	A	O	M	C	M
V	H	Q	U	F	Y	G	L	S	I	S	M	F	L	E	M	V

good mood
polite
general
fabulous

fiancee
scholar
flutist
competent

marina zapata
hysterical
sharp
rake

Y	C	H	F	R	O	R	C	V	K	Y	T	C	F	X	W	Z	F	W	F
Y	N	O	K	I	D	V	G	X	T	Z	X	J	B	Q	F	Z	T	D	C
Y	T	H	G	U	A	N	R	A	N	I	R	S	A	O	T	G	B	B	J
H	D	L	Y	P	T	N	E	R	P	E	C	L	X	S	T	P	R	G	D
G	N	T	A	S	H	S	C	D	I	K	I	K	A	R	S	M	L	X	H
F	G	O	W	Y	U	Z	I	E	I	E	Z	H	L	Q	L	E	U	Q	H
J	B	P	H	B	O	G	A	N	E	N	H	C	N	E	K	G	D	Y	P
H	Z	R	P	B	O	R	W	T	O	C	L	O	H	C	D	J	Y	V	I
C	P	O	E	R	E	V	A	S	P	O	G	N	B	T	L	P	C	X	B
P	U	P	O	G	Y	G	W	P	A	H	T	D	L	O	B	P	I	C	D
M	V	S	L	U	R	R	F	L	Y	P	W	R	K	V	P	Z	W	N	B
A	T	N	E	G	A	E	T	A	T	S	E	L	A	E	R	B	E	M	K
W	Z	M	H	Z	P	N	T	K	L	U	S	N	O	C	X	N	H	D	B
V	M	M	E	T	R	F	B	T	I	H	Q	I	P	Z	R	W	X	L	M
Y	S	U	O	L	U	C	I	D	I	R	G	J	R	N	M	W	I	W	J
K	N	O	U	W	K	V	Y	C	X	N	Y	G	Z	R	W	N	B	M	O
V	O	A	I	S	Z	D	U	I	U	S	G	M	Y	Y	Y	D	V	L	S
U	J	V	G	V	Y	G	H	G	N	E	F	Y	Z	Y	B	X	L	Q	H
O	E	E	G	U	N	O	M	Q	R	B	A	L	O	V	K	I	F	G	W
D	H	J	U	F	K	M	G	A	V	Z	X	V	P	U	U	S	L	I	G

regretting you
ridiculous
naughty
real estate agent
royalty
cartoonist
consul
tickled pink
ardent
hobo
heir
fiancee

E	K	E	S	Z	C	W	W	A	G	Y	Z	Y	K	N	K	V	S	T	R	U	I
Y	X	X	N	N	J	E	E	P	B	U	Q	S	B	X	C	L	Q	G	S	L	M
U	P	Z	C	K	A	O	D	Y	G	O	G	M	G	Z	O	D	U	K	A	W	N
Z	Y	V	V	C	F	M	G	E	O	J	E	I	Z	V	Q	Z	C	K	Q	Z	J
K	L	K	D	T	A	C	Y	R	V	B	O	Z	S	L	L	P	V	B	N	B	O
C	X	G	G	E	U	C	N	G	E	O	Y	V	A	B	M	N	W	N	G	X	Q
Z	S	I	D	E	T	A	L	E	R	H	L	A	W	S	N	O	V	K	E	A	W
C	W	T	O	V	N	A	O	A	N	E	C	H	L	W	Z	M	R	D	V	E	Z
R	B	B	L	U	L	K	C	I	O	P	L	A	S	P	T	N	Z	U	H	X	E
I	T	N	B	H	Y	L	D	I	R	N	O	C	E	I	S	R	X	O	D	C	W
N	I	K	M	I	S	U	F	L	T	Y	P	N	O	T	N	U	S	I	V	X	P
F	D	Y	Q	I	T	B	H	R	B	S	N	Y	A	N	E	A	I	U	B	M	P
T	O	C	K	E	V	I	P	Y	K	H	I	V	P	D	F	T	P	I	J	U	W
E	O	E	C	O	E	P	M	X	P	D	J	H	J	W	L	U	A	S	M	M	F
Z	L	L	I	V	E	L	Y	Z	E	X	P	G	P	F	Q	P	S	R	E	K	M
K	K	D	T	B	L	G	I	B	F	Y	J	I	R	O	M	P	F	E	A	H	G
D	M	X	E	A	B	U	G	K	Y	Z	W	F	C	F	S	U	K	N	D	K	T
F	F	Z	U	Q	V	O	U	M	A	F	I	S	K	U	V	N	B	F	H	C	C
T	O	D	B	E	R	V	R	Y	B	B	K	J	T	Y	Z	Y	U	D	D	K	N
E	C	H	D	I	R	K	S	W	W	S	L	K	T	K	Z	L	B	T	S	J	O
G	W	V	D	S	H	T	E	M	K	O	D	E	S	Z	N	M	Q	R	X	O	U
A	V	D	T	F	Y	D	H	K	V	O	T	V	X	W	B	J	Y	M	Y	Z	I

the spanish love dec
clergyman
lively
confused
playboy
related
karate teacher
wed
unsophisticated
likable
robbie
governor

A	X	N	Q	Y	E	V	I	L	N	T	B	U	S	N	G	I
E	T	Z	F	D	D	B	C	D	S	Z	U	C	P	S	B	S
J	V	T	H	R	Z	Y	O	G	F	T	U	C	J	L	N	U
K	C	N	G	C	Z	V	A	G	N	Z	A	U	D	E	O	H
Y	U	R	O	T	C	A	M	A	R	I	N	E	R	G	K	H
X	B	B	T	P	H	D	V	M	W	T	H	A	B	V	Y	D
M	W	Y	R	I	Q	E	L	E	P	K	N	C	X	P	I	U
E	D	Y	P	E	E	L	S	D	M	J	Z	B	U	J	U	C
C	M	H	A	P	P	I	N	E	S	S	R	A	I	O	C	C
C	C	N	G	K	V	G	K	S	T	H	F	R	A	G	T	H
Y	O	F	N	V	Q	H	A	I	R	D	R	E	S	S	E	R
O	P	U	Y	S	L	T	C	G	N	C	P	P	C	Y	Z	H
E	W	P	N	L	E	F	W	N	Q	P	B	M	N	X	F	B
Q	M	Z	A	T	T	U	C	E	F	U	B	U	Q	G	R	J
S	B	A	C	H	E	L	O	R	M	X	E	R	I	N	S	Z
T	U	F	M	J	Z	S	D	K	B	P	M	I	U	I	R	U
Y	P	E	M	Q	C	L	S	O	D	H	U	V	A	U	B	G

delightful
game designer
happiness
happy

countess
actor
sleepy
upbeat

marine
hairdresser
bachelor
touching

P	I	F	B	I	A	B	Y	Q	I	B	S	P	B	M	I	P
P	E	V	N	F	T	D	Z	B	R	P	Q	E	Q	H	V	X
M	E	C	N	A	M	O	R	K	R	A	D	F	C	V	N	F
R	E	P	I	I	D	G	M	T	X	O	V	W	I	Z	G	F
A	Y	R	E	T	S	E	J	J	P	G	H	B	W	Z	G	Y
M	F	U	E	H	R	X	S	M	J	C	T	C	W	M	K	U
Y	W	D	G	F	L	A	R	H	K	Y	O	T	V	B	P	Q
M	E	E	S	U	R	O	Z	F	U	W	K	W	F	B	O	Q
R	P	N	O	L	O	X	L	G	I	X	Q	V	D	H	P	W
L	S	T	L	L	Y	B	L	A	T	N	E	M	G	D	U	J
K	U	G	D	N	O	K	C	V	J	E	A	Q	O	X	L	H
T	N	F	I	W	H	G	L	O	R	Y	I	N	X	I	A	K
R	A	I	E	W	G	Z	R	A	W	J	L	C	C	P	R	D
T	E	P	R	C	E	N	T	E	R	P	R	I	S	I	N	G
Y	E	A	E	D	A	U	Z	E	C	Q	R	I	M	K	E	G
R	T	H	L	A	D	E	R	P	Z	P	G	W	Y	A	X	R
J	V	Q	V	U	O	T	P	E	P	C	W	H	Y	T	F	Y

faithful
jester
family
judgmental

peaceful
dark romance
enterprising
glory in

soldier
popular
financier
prudent

V	S	M	V	P	L	O	Y	A	L	T	Y	H	T	Z	Y	X	F	I	G	T
Q	B	U	Q	T	K	H	M	U	L	A	I	C	I	F	R	E	P	U	S	Z
D	B	N	O	K	J	N	C	O	I	W	W	F	N	M	Q	L	E	T	F	B
B	F	X	G	E	K	R	Q	K	I	E	U	N	C	E	D	Y	L	Z	D	G
D	T	C	C	B	G	F	C	V	U	Q	C	K	Y	T	L	K	E	E	K	F
X	J	B	H	M	U	A	X	K	T	E	A	M	V	Q	D	L	L	L	C	T
C	R	V	O	R	I	I	R	H	C	R	A	I	R	T	A	M	E	V	D	U
R	G	X	J	D	I	S	P	U	K	A	E	R	B	B	M	X	N	C	K	I
B	E	W	L	S	G	S	T	N	O	Y	O	V	R	O	K	L	M	V	X	L
V	C	T	P	V	X	N	T	A	B	C	O	O	I	R	K	S	N	A	A	E
J	E	E	H	J	Q	G	A	I	K	V	T	B	T	G	S	K	G	P	D	Y
L	O	S	Q	G	J	D	U	G	N	E	K	V	R	C	-	K	C	B	X	C
G	Z	E	K	J	U	H	S	N	E	A	N	E	O	G	D	E	A	M	D	C
A	F	C	I	Z	K	A	C	G	J	K	L	I	N	D	L	C	R	W	W	Q
S	L	Y	V	F	W	Y	D	H	K	Z	B	A	D	O	P	N	D	A	V	Z
U	K	D	I	K	W	H	Q	P	D	K	X	W	U	E	E	I	M	I	C	N
C	E	S	M	N	W	Y	L	D	E	J	W	P	P	R	N	S	V	W	E	K
O	M	G	W	H	P	M	U	I	R	T	F	T	G	O	E	T	C	F	G	U
A	T	F	Q	X	W	L	O	T	O	W	S	K	C	P	O	N	I	E	H	O
X	K	S	I	V	Y	Y	Z	V	Z	D	L	C	U	Y	D	N	R	T	M	N
B	E	L	O	R	O	L	A	D	E	A	Q	O	A	T	D	Y	W	O	Y	L

care-giver
loyalty
mistaken identity
triumph

christina lauren
courageous
idle
matriarch

stepdaughter
excellency
superficial
breakup

J	Y	Z	Y	W	K	O	V	S	F	L	A	N	O	T	L	C	S
I	L	X	A	O	Y	A	I	Q	W	V	A	T	A	K	Y	S	D
K	Q	H	U	N	R	W	I	T	H	O	U	T	M	E	R	I	T
B	J	D	E	D	D	V	C	K	P	C	B	R	W	M	V	J	N
Q	S	U	U	E	H	Z	V	F	N	L	V	J	X	A	X	H	Z
H	H	N	L	R	Y	X	U	W	M	T	R	D	J	C	O	B	H
S	S	E	C	F	A	P	Z	B	E	B	N	I	C	H	X	Y	O
L	O	R	L	U	Q	U	L	J	H	R	P	J	F	X	S	E	H
N	T	N	E	L	L	E	C	X	E	L	B	A	V	O	L	P	A
N	A	W	J	W	O	A	L	U	U	P	C	R	J	D	K	W	L
X	J	C	A	P	G	S	P	B	T	B	O	W	J	E	Y	R	O
W	B	B	T	V	C	H	T	G	A	U	T	H	O	R	H	H	C
V	A	G	G	W	O	D	Z	R	B	I	U	W	S	H	K	W	R
S	U	H	W	D	G	H	K	R	A	U	M	F	T	I	T	O	N
S	U	U	V	V	E	T	N	A	F	N	I	A	D	A	B	R	Y
G	F	K	N	E	Z	X	N	N	E	W	G	D	S	U	Y	T	P
X	W	S	W	M	C	C	C	T	B	J	H	E	L	C	N	U	S
Y	I	V	E	K	E	R	G	W	V	Z	H	Z	R	O	N	I	M

son
uncle
hello stranger
bishop

without merit
lovable
wonderful
author

infante
amiable
minor
excellent

R	T	R	D	Q	E	I	G	J	X	F	J	G	P	S	N	W	F
W	I	O	L	K	T	R	Q	S	C	P	M	S	K	C	B	F	D
F	T	O	N	W	K	Z	P	M	A	T	A	N	Z	A	D	N	C
E	J	V	Y	R	A	E	L	'	O	H	T	E	B	N	V	C	N
P	B	X	P	O	O	M	V	P	N	W	U	H	S	X	T	V	N
X	A	P	V	N	K	B	J	I	D	B	R	I	M	O	H	B	I
U	R	X	O	C	O	R	T	A	S	Y	E	Z	W	A	S	Z	G
A	P	E	I	M	N	O	A	S	G	N	E	D	Q	U	B	U	P
B	Z	C	W	X	P	Y	M	K	R	P	E	S	R	P	E	Z	S
K	H	G	D	O	R	M	K	E	K	I	O	H	U	Z	N	N	Z
N	K	V	B	R	L	O	E	C	H	A	F	O	E	O	C	Y	Q
X	V	O	O	S	K	F	B	B	U	T	C	H	E	R	R	Y	Q
H	W	C	R	D	E	K	L	G	W	L	R	L	S	H	P	O	V
Z	C	B	T	S	U	R	T	L	U	K	C	E	A	U	X	P	G
Y	L	T	A	E	R	G	E	S	A	E	L	P	V	N	A	G	A
V	G	Y	N	Y	W	F	A	N	L	W	T	T	Y	O	G	F	F
A	P	T	V	M	P	G	S	J	E	O	C	I	W	T	B	W	Q
X	Z	Z	A	S	F	U	O	T	S	I	S	I	R	M	V	Y	B

beth o'leary
please greatly
first born
butcher

clan
trust
wallflower
over the moon

serene
lucky
mature
apprehensive

W	I	K	M	T	R	A	P	D	Y	N	M	I	F	T	T	Z	N	W
M	K	B	E	Q	T	S	I	P	T	L	O	A	G	M	P	P	J	I
L	I	S	P	S	V	H	H	D	H	H	F	F	V	K	X	G	T	X
T	A	D	U	O	M	Z	R	E	R	W	L	S	V	G	M	K	R	U
R	M	U	T	C	U	L	N	I	I	D	W	B	U	Q	H	H	I	S
U	O	X	R	N	H	K	P	S	L	R	U	T	U	A	F	C	G	M
S	M	T	A	E	E	G	C	V	L	L	A	E	L	O	L	K	G	Q
T	S	E	A	L	N	I	C	M	X	U	E	P	R	X	Q	D	E	D
W	L	W	V	T	S	B	C	E	Q	F	X	D	P	B	Q	K	R	H
O	S	I	A	I	C	H	L	I	H	L	F	N	Z	A	G	R	W	H
R	J	B	D	V	T	I	I	A	F	S	O	L	Z	T	R	B	A	X
T	X	O	Y	A	U	R	D	F	K	O	Q	P	F	X	I	E	R	V
H	E	Z	O	Y	B	T	E	N	T	E	R	T	A	I	N	I	N	G
Y	N	Q	N	K	G	I	C	S	Z	E	L	P	T	V	G	X	I	T
K	E	M	V	V	Z	E	H	B	S	U	R	Y	X	S	W	Q	N	W
J	P	L	O	C	A	R	O	P	K	A	P	C	O	W	M	F	G	L
U	O	F	K	D	Q	Z	Y	W	Q	M	A	A	D	N	J	T	C	E
F	A	S	B	Q	F	P	O	G	Q	A	M	H	V	T	H	Z	V	Z
F	S	X	O	N	Z	V	H	U	F	B	I	W	D	Y	M	X	A	N

assertive
lauren blakely
proficient
entertaining

heir apparent
thrill
trigger warning
trustworthy

thrilled
dictator
shifter
mom

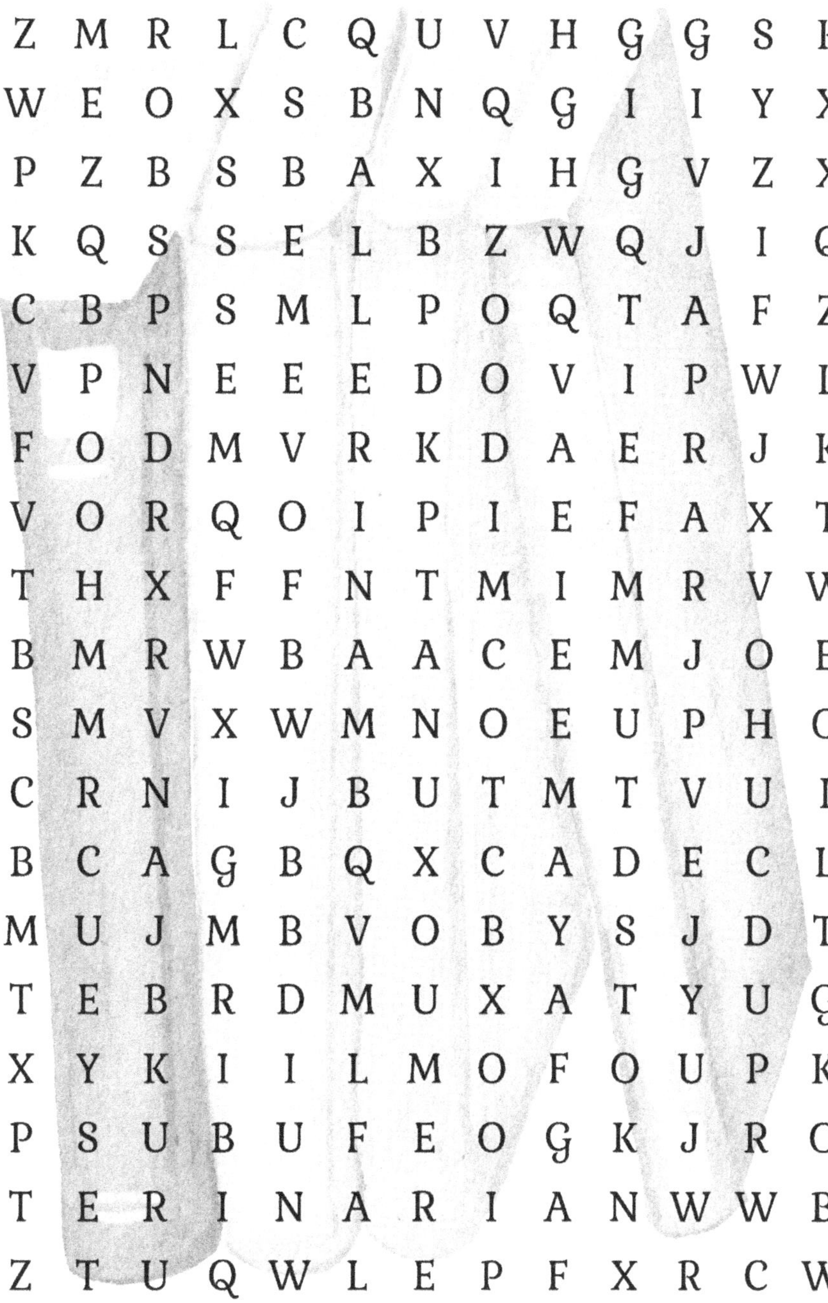

C	S	O	A	E	M	T	W	G	S	L	X	Q	M	P	C	N	U	H	G	L
L	N	P	L	Z	M	R	L	C	Q	U	V	H	G	G	S	K	S	L	C	X
L	O	P	I	W	E	O	X	S	B	N	Q	G	I	I	Y	X	H	H	I	Y
A	P	O	L	P	Z	B	S	B	A	X	I	H	G	V	Z	X	Z	U	S	J
C	B	S	V	K	Q	S	S	E	L	B	Z	W	Q	J	I	Q	T	C	Y	C
G	U	I	A	C	B	P	S	M	L	P	O	Q	T	A	F	Z	K	H	V	E
F	M	T	N	V	P	N	E	E	E	D	O	V	I	P	W	L	K	I	W	P
G	K	E	E	F	O	D	M	V	R	K	D	A	E	R	J	K	V	U	Y	E
G	L	S	G	V	O	R	Q	O	I	P	I	E	F	A	X	T	U	C	Y	K
B	T	A	I	T	H	X	F	F	N	T	M	I	M	R	V	W	E	C	P	D
Q	G	T	H	B	M	R	W	B	A	A	C	E	M	J	O	E	U	U	G	Q
G	E	T	R	S	M	V	X	W	M	N	O	E	U	P	H	O	R	I	C	W
S	F	R	P	C	R	N	I	J	B	U	T	M	T	V	U	I	F	A	R	M
K	B	A	O	B	C	A	G	B	Q	X	C	A	D	E	C	L	A	R	G	P
P	T	C	I	M	U	J	M	B	V	O	B	Y	S	J	D	T	S	E	A	E
R	R	T	P	T	E	B	R	D	M	U	X	A	T	Y	U	G	U	I	U	O
W	U	M	Q	X	Y	K	I	I	L	M	O	F	O	U	P	K	U	A	V	J
C	Y	F	Q	P	S	U	B	U	F	E	O	G	K	J	R	O	J	T	I	E
J	P	V	E	T	E	R	I	N	A	R	I	A	N	W	W	B	L	P	Q	R
X	X	W	K	Z	T	U	Q	W	L	E	P	F	X	R	C	W	Z	U	T	K
P	U	A	W	Q	W	J	D	J	Z	H	Q	X	J	R	Y	J	N	P	K	G

euphoric
savor
ballerina
opposites attract

impulsive
field marshal
empress
above average

detective
fantasy
veterinarian
meddlesome

A	L	U	C	L	P	T	A	N	Y	L	N	S	U	H	N
W	I	A	T	L	U	D	A	G	N	U	O	Y	P	R	K
E	H	T	I	L	B	A	D	S	S	E	L	F	I	S	H
S	O	P	G	H	C	P	R	E	Q	E	R	E	I	S	M
O	O	E	W	H	D	E	M	C	K	Y	Q	V	Z	F	L
M	U	P	W	K	O	H	M	M	I	X	X	B	O	B	G
E	Z	N	T	K	C	C	W	I	Q	T	V	K	J	U	Q
M	S	Y	C	I	O	A	I	P	R	I	N	C	E	S	S
R	D	R	O	Y	M	J	L	T	A	J	S	A	Z	P	Z
C	I	O	U	R	H	I	L	B	A	M	Z	E	M	S	T
V	R	N	I	N	D	C	S	E	O	P	E	E	J	O	I
M	K	Q	D	O	F	A	U	T	K	T	M	D	B	U	R
W	J	I	C	H	S	W	Y	O	I	Z	E	I	D	Y	A
P	S	X	P	R	T	C	O	N	R	C	I	D	S	I	J
Z	S	X	K	D	L	D	D	I	I	G	X	B	A	T	X
V	B	T	F	B	G	J	R	A	C	K	R	C	E	F	B

blithe
nervous
grouchy
princess

romantic
awesome
nurse
optimistic

young adult
simpatico
selfish
fade to black

S	U	A	N	N	E	L	A	Q	U	E	U	R	M	O	O	L	H
T	O	U	C	H	Y	I	F	C	M	I	F	M	T	R	V	P	G
T	X	G	L	C	W	Y	J	T	C	D	P	C	S	L	H	H	O
D	N	A	L	D	O	I	W	I	E	L	R	V	U	O	S	A	J
W	J	E	M	S	E	U	Z	K	Y	C	A	O	B	N	V	C	V
P	J	Z	R	A	K	T	N	W	C	W	B	I	T	V	T	X	U
Q	X	Y	H	E	M	N	N	T	E	J	O	B	L	I	M	V	K
L	U	A	B	I	H	R	W	E	A	O	D	S	E	K	D	Z	U
N	R	Z	D	A	D	O	A	R	T	N	Y	Z	G	E	X	E	M
W	Q	O	V	V	D	F	C	G	R	N	T	Y	L	E	P	F	F
U	A	A	Y	L	K	B	V	J	U	Z	O	C	F	L	O	Z	L
R	S	E	L	A	T	I	O	N	W	S	Y	C	N	A	H	M	I
O	J	W	U	S	M	Q	H	Y	Q	H	Y	N	E	N	R	O	W
F	Z	Q	P	C	Y	Z	P	T	N	T	X	T	G	D	V	W	E
R	H	N	Y	F	I	L	I	H	A	M	X	L	O	Q	S	J	Q
Z	Y	D	D	F	Q	E	V	Z	Z	I	R	D	F	U	F	Q	F
I	E	U	M	A	T	S	R	D	C	U	A	X	L	K	U	P	M
Q	T	O	L	B	K	O	B	M	R	E	Y	X	L	Z	O	J	B

sugar mama
accountant
editor
vi keeland

subtle
touchy
mayor
coherent

suanne laqueur
bad boy
contented
elation

E	N	O	Z	D	N	E	I	R	F	E	H	T	J	M	U	U	M	S
U	K	M	E	N	B	V	C	N	P	C	Q	Q	M	E	D	J	S	C
R	G	X	U	W	O	B	Z	N	E	G	V	O	P	G	D	Y	R	C
I	J	V	N	Q	U	J	M	L	A	V	Z	F	Q	S	Y	D	N	P
V	W	R	R	J	W	V	W	Q	A	R	N	T	N	Y	K	M	U	G
A	U	P	E	R	G	A	Q	V	C	N	E	C	S	G	C	G	P	O
L	F	N	Q	J	K	R	L	S	U	F	D	B	M	O	Y	R	O	D
S	O	Z	U	X	X	Q	F	-	D	F	H	S	U	X	N	H	Z	H
V	M	R	I	W	A	F	R	G	N	E	O	G	C	X	A	S	O	N
J	P	F	T	E	W	D	O	T	C	I	F	I	T	A	E	B	H	F
B	A	M	E	A	O	M	L	G	X	A	-	B	C	T	P	W	C	C
L	M	W	D	N	P	P	T	N	E	A	J	R	C	V	E	E	M	V
F	N	G	L	W	N	Y	V	Q	K	G	V	D	E	Z	G	G	R	A
I	S	H	O	F	U	U	A	Q	N	M	D	J	H	H	V	J	O	X
P	Y	Y	V	N	Q	H	S	W	H	X	L	U	F	E	T	A	H	Z
N	Z	A	E	B	D	N	V	S	H	F	X	P	J	J	F	A	A	X
G	F	H	J	U	V	H	C	S	X	G	I	O	G	I	Y	H	F	Z
H	S	J	L	H	Y	M	U	N	P	P	I	L	O	T	Z	E	I	U
U	D	G	S	U	P	T	F	L	F	H	C	H	W	M	H	M	C	P

the friend zone
beatific
highway patrol
feds
hateful
father-in-law
exuberance
pilot
judge
rivals
unrequited love
landscaper

J	V	T	W	L	I	U	Q	N	A	R	T	T	M	T	X
D	S	D	X	A	U	N	O	F	O	N	F	E	H	Y	T
M	O	K	O	A	O	D	D	R	P	Z	Q	T	Q	F	P
D	P	O	S	W	M	H	I	U	A	L	P	L	Q	Z	R
B	R	P	W	J	D	C	C	S	S	U	X	X	N	O	E
Z	I	E	G	D	R	Y	H	R	T	T	H	W	B	Z	H
C	N	U	V	Z	R	U	E	I	A	R	R	T	C	Q	J
K	C	L	E	L	B	A	E	E	R	G	A	I	T	A	S
U	I	U	X	S	I	J	H	F	R	P	I	U	O	W	E
U	P	M	X	K	K	S	Z	P	F	T	Y	L	G	U	T
R	A	N	A	J	X	C	E	R	L	U	Z	R	O	H	S
L	L	R	Z	Q	X	G	N	I	K	X	A	M	U	M	T
Y	G	O	T	N	C	G	V	U	S	Z	R	H	B	J	Z
L	E	R	K	Y	O	H	F	A	M	O	E	F	C	Z	I
U	L	B	A	V	Q	N	P	K	W	P	J	I	M	W	O
T	L	Q	S	Q	M	Y	V	D	T	Z	M	W	A	D	Z

agreeable
dowdy
josie silver
tranquil

distraught
chauffeur
hard wood
king

chirpy
industrious
oligarch
principal

X	V	Q	F	R	H	C	T	Z	V	O	H	U	T	B	V	P	J	A	F
O	E	W	C	M	H	H	J	S	F	S	J	T	R	M	C	S	D	J	U
W	R	A	T	T	O	X	H	R	O	Y	Q	G	Z	N	A	H	X	W	H
K	U	B	L	H	B	R	J	B	E	H	F	G	L	D	R	T	I	C	B
S	Y	Z	V	A	G	R	P	T	D	V	U	X	F	H	G	P	K	M	Y
E	C	G	A	A	D	I	F	S	K	T	E	U	F	H	F	B	H	E	T
V	E	T	Y	E	D	H	L	X	R	H	L	L	E	E	I	Y	R	E	P
E	D	R	T	C	N	U	A	S	V	H	X	S	R	R	U	O	H	U	M
N	L	V	U	D	P	Q	K	U	J	J	V	D	O	Y	W	J	R	W	D
D	J	R	C	S	Z	W	Y	T	T	C	L	Q	C	C	P	T	B	X	Q
A	I	Z	E	D	A	F	B	O	K	H	E	F	I	G	J	L	N	Z	K
Y	P	L	K	S	D	E	R	M	A	T	O	L	O	G	I	S	T	N	U
S	C	C	X	T	A	V	L	N	M	A	H	R	U	S	E	D	T	M	J
I	N	L	F	M	U	C	C	P	A	H	J	R	S	Y	T	G	P	H	Y
N	P	R	J	P	V	K	C	T	I	L	F	Q	X	L	M	E	T	T	B
J	S	O	U	L	M	A	T	E	S	Q	S	H	T	P	C	L	R	B	O
U	O	J	X	N	R	Y	H	W	B	X	J	J	A	Z	Z	E	U	M	Z
N	W	V	A	N	K	Q	K	Z	F	E	W	G	F	D	D	B	S	L	O
E	N	C	Q	H	N	R	J	Q	T	E	R	C	U	S	D	J	E	X	J
U	Z	V	Q	X	T	H	E	K	I	S	S	Q	U	O	T	I	E	N	T

foster
dermatologist
rebecca serle
author
slight
soulmates
the kiss quotient
seven days in june
ferocious
flaky
pleasure
revelry

J	N	H	P	S	J	F	J	Z	G	V	D	L	D	A	A	C	Z	U
C	J	H	N	F	I	D	Z	H	C	J	I	L	V	V	C	R	R	U
R	U	L	W	B	O	X	W	S	U	D	W	S	W	X	A	S	A	N
H	Q	D	D	E	T	R	A	E	H	M	R	A	W	Y	Q	G	G	E
E	H	H	Q	L	P	N	X	U	U	K	Y	Y	R	B	T	Y	Q	Q
K	V	N	E	Y	L	R	E	T	S	I	S	H	D	N	F	G	H	N
E	B	I	J	J	V	E	V	L	A	U	T	C	N	U	P	C	G	A
B	V	P	S	L	U	F	L	U	O	S	U	R	G	E	O	N	V	M
W	A	D	N	A	S	L	Z	W	E	D	J	V	M	B	O	F	M	W
B	O	X	Y	R	V	H	B	C	T	U	N	B	O	H	R	Q	U	D
Y	C	Q	D	C	N	E	G	O	M	A	N	I	A	C	Q	R	P	L
U	I	H	Q	O	Y	F	L	F	W	O	T	W	S	B	A	F	P	C
K	L	G	K	Y	T	N	E	G	I	L	I	D	S	H	K	C	P	P
O	M	G	E	P	Y	D	C	J	K	J	O	L	D	K	W	P	A	V
J	K	S	S	E	T	N	U	O	C	S	I	V	K	U	I	P	A	W
H	O	L	I	D	A	Y	R	O	M	A	N	C	E	L	C	H	P	N
Q	U	V	T	E	F	S	E	Y	X	U	I	O	G	R	C	V	E	R
I	D	F	W	V	P	E	B	P	A	C	N	Z	W	Z	I	C	H	A
J	R	J	B	N	X	C	Q	Q	K	X	S	A	Y	C	J	O	M	N

sisterly
viscountess
bowl over
soulful

indolent
surgeon
egomaniac
diligent

evasive
warmhearted
holiday romance
punctual

J	N	Y	P	Q	X	S	J	Z	Z	N	Q	B	O	V	C	N	E	L
U	M	G	R	I	J	M	J	P	J	L	B	F	W	P	Z	R	Q	W
Y	M	G	Y	N	B	Q	M	S	N	H	L	R	D	U	Y	Q	D	S
O	I	H	B	B	E	P	R	X	P	C	D	S	C	X	G	K	A	Q
P	Q	Y	J	P	A	H	U	X	Y	T	I	V	Z	S	Y	C	R	N
R	S	S	F	W	Y	B	Y	C	A	R	S	H	X	M	Z	K	E	I
M	E	O	N	X	O	R	T	L	X	C	A	G	C	D	H	H	P	H
V	J	N	N	C	V	G	K	E	I	O	G	T	K	O	W	F	R	U
I	P	Q	I	Y	O	C	O	M	R	M	R	K	I	B	E	B	E	F
H	W	L	X	E	Y	S	A	T	S	C	E	L	R	L	X	D	S	H
P	E	N	U	C	T	H	M	R	P	R	E	J	U	D	I	C	E	D
O	U	J	W	M	A	S	U	E	X	U	A	S	K	S	H	M	N	E
A	E	G	K	C	B	U	I	D	A	A	B	T	W	F	U	R	T	I
I	G	S	E	T	Q	E	Q	D	S	T	L	N	T	N	A	W	A	G
E	X	P	L	O	R	E	R	E	N	A	E	L	C	Y	R	D	T	O
E	Y	W	G	L	P	I	E	R	K	A	Z	I	G	B	T	F	I	A
K	I	X	H	R	V	X	B	E	F	L	K	O	G	R	H	H	V	A
F	S	A	V	D	Y	K	K	F	N	K	R	X	C	K	G	L	E	D
I	W	U	D	R	G	G	R	Y	A	I	K	Z	I	Y	C	K	Q	H

chic
dry cleaner
emily henry
disagreeable
plumber
representative
ecstasy
prejudiced
kandi steiner
explorer
military
secret baby

N	R	A	D	B	X	I	S	T	F	T	A	Z	C	I	T	C	H	D	G
O	O	E	V	Y	C	E	M	D	E	K	A	B	C	E	Z	F	F	K	B
C	O	G	H	B	G	E	A	K	B	X	G	D	Q	B	K	W	O	U	W
N	I	Q	O	T	A	F	R	C	Q	T	G	B	C	I	T	A	I	L	Y
O	N	T	O	P	O	F	T	H	E	W	O	R	L	D	U	M	Y	F	G
J	E	O	M	Z	O	R	D	L	Y	N	Z	S	G	C	A	U	O	R	N
G	M	T	S	I	S	C	B	Y	J	O	L	H	F	D	C	X	S	N	M
N	L	Q	A	L	E	J	W	N	W	A	L	M	L	X	F	C	I	D	H
B	B	Y	E	N	B	P	L	L	I	S	Q	V	E	P	R	C	P	B	V
U	E	H	P	R	O	P	I	Y	U	W	B	O	S	V	X	S	F	F	A
Y	K	A	M	U	S	I	N	G	T	A	T	G	H	I	N	J	Z	M	I
L	Z	F	W	G	N	R	T	C	Z	J	U	T	A	P	C	T	K	C	D
A	W	H	O	V	N	Z	E	C	O	U	S	I	N	D	K	L	H	E	A
F	V	R	L	D	W	E	P	V	E	J	W	C	D	N	N	L	F	R	M
Q	B	U	X	X	O	I	T	Y	I	F	S	X	B	N	Z	X	W	B	Q
G	P	I	A	Z	E	R	F	W	M	R	F	H	L	A	V	J	O	W	G
F	D	N	I	S	L	B	Z	E	R	O	D	A	O	P	E	O	Q	C	P
D	S	U	O	Y	O	T	I	N	H	R	P	D	O	T	O	B	P	P	H
E	J	S	W	F	T	R	Z	P	D	C	V	Q	D	X	L	M	Z	G	V
E	L	T	K	V	O	P	Y	Z	O	U	H	I	W	K	D	D	U	Q	F

wife
twin brother
affectionate
flesh and blood
chef
on top of the world
adore
cousin
smart
amusing
hot
driver

D	B	V	T	O	W	U	G	M	X	G	M	Q	V	V	Z	G
K	I	L	I	K	F	C	N	X	O	I	T	O	R	T	R	A
H	L	V	I	M	Z	Z	V	P	A	G	Q	T	V	U	Q	S
Y	L	I	G	B	N	W	S	F	T	O	B	D	Q	Y	J	O
X	Z	C	H	K	B	J	Q	P	B	Y	M	J	X	K	Y	O
P	W	L	O	F	J	R	O	O	Y	C	Z	V	Z	T	F	U
F	Z	M	S	O	O	Z	O	X	J	O	C	K	E	Y	H	S
Y	Y	K	C	U	L	P	D	Y	T	M	B	B	D	N	S	W
E	X	C	R	L	A	U	U	F	F	M	J	W	B	X	A	S
G	P	D	A	Z	W	U	F	M	H	I	R	R	K	Q	O	L
S	T	H	C	R	C	P	R	R	D	T	T	R	B	E	Q	S
Y	U	I	Y	A	G	M	K	V	E	M	S	A	S	E	Q	A
J	P	F	Z	R	O	O	D	T	X	E	N	L	R	I	G	W
T	L	J	L	N	A	Y	H	E	B	N	H	F	C	G	I	A
T	A	L	I	K	A	Y	B	F	B	T	X	C	V	A	C	G
R	E	T	S	I	N	I	M	M	K	E	S	B	D	R	X	G
Z	V	G	P	I	K	E	V	I	T	A	N	I	G	A	M	I

commitment
cool
minister
cheerful

ex
plucky
gratify
girl next door

jockey
venal
shy
imaginative

J	F	D	P	S	M	H	V	O	Q	Q	K	Z	G	L	F	K	T
I	K	F	S	L	Z	B	V	R	S	T	E	L	Z	O	I	R	D
E	V	J	I	P	V	I	U	L	W	B	B	C	S	Y	U	P	Z
D	L	E	B	R	U	U	W	O	A	G	E	U	I	D	B	C	K
P	U	B	X	A	E	S	T	B	Y	I	T	L	P	Y	W	G	Q
Y	G	B	A	C	K	H	S	M	R	A	D	Y	P	G	Q	V	M
R	V	H	B	T	C	G	S	A	U	I	N	R	V	F	A	A	S
W	U	G	X	I	S	Z	U	P	T	H	L	T	O	Q	R	O	C
L	X	O	P	C	M	N	L	M	P	I	B	L	N	C	W	Z	F
H	P	J	F	A	Y	W	C	P	V	E	S	H	I	F	H	C	Y
L	M	G	V	L	G	Z	L	V	M	Q	E	F	S	A	G	E	V
Y	H	K	Q	C	S	E	C	U	S	T	O	D	I	A	N	G	X
G	X	S	E	N	C	L	G	K	B	X	K	A	G	E	Y	T	P
Y	Q	W	Q	V	E	T	B	A	I	S	A	V	Z	U	D	C	A
Q	E	J	M	X	M	I	U	X	W	V	K	P	W	W	O	Y	X
Q	G	D	E	R	E	P	M	E	T	-	N	E	V	E	V	Y	X
L	W	I	E	J	Q	D	J	A	H	U	K	I	C	D	G	A	D
N	E	X	M	M	F	J	S	F	G	D	L	G	I	G	E	D	W

custodian
satisfied
practical
stable

vegas
deep
brilliant
buoyant

sheriff
even-tempered
age gap
cordial

K	J	C	N	W	B	A	R	K	V	Z	E	R	O	B	P	Z
B	S	R	O	I	R	R	A	W	U	F	J	T	H	A	S	T
W	R	D	V	V	T	C	H	E	B	S	N	G	R	P	Y	Z
H	W	X	A	L	I	H	A	Z	E	L	W	O	O	D	C	G
N	V	N	H	K	T	D	P	V	C	T	J	G	Y	V	H	U
D	M	D	R	I	B	U	P	R	T	T	P	V	A	K	O	C
L	E	M	I	X	G	C	E	C	P	B	J	C	L	Q	L	O
P	A	R	S	N	C	H	A	J	N	I	D	O	S	C	O	Q
H	A	T	O	Y	P	E	L	P	Z	U	P	F	C	C	G	M
Y	W	S	N	M	V	S	I	A	A	S	Z	B	M	U	I	W
S	H	Z	S	E	U	S	N	A	N	Y	I	H	J	W	S	R
I	J	C	X	I	M	H	G	A	W	D	A	T	M	A	T	A
C	A	W	A	W	O	I	D	X	S	W	E	H	P	E	N	L
I	Q	U	T	Z	L	N	T	O	Q	S	W	R	F	X	H	C
A	C	P	B	N	L	X	A	N	O	B	X	K	S	I	W	D
N	S	T	D	H	Z	Q	O	T	E	G	A	P	U	Y	W	M
Z	R	Y	C	X	I	S	R	S	E	S	N	H	R	U	J	U

psychologist
archduchess
appealing
warrior

good humored
ali hazelwood
passionate
nephew

physician
royals
highlanders
sentimental

J	H	I	D	V	H	L	I	G	V	S	E	E	K	V	R	D	Q	J	W
Y	A	O	K	E	S	Y	C	D	K	Y	J	Y	A	J	O	B	R	M	B
N	S	I	Y	J	X	B	K	Q	X	S	O	Q	A	C	O	L	W	C	A
B	C	M	X	N	I	T	B	B	B	B	W	X	Y	U	A	U	P	P	X
J	E	R	U	R	Q	G	R	A	N	D	D	U	K	E	D	W	I	R	N
R	L	V	E	L	Y	V	A	O	Q	W	S	R	S	A	P	S	V	B	R
B	G	C	O	H	C	E	P	X	U	U	O	W	G	T	W	W	V	L	A
G	P	T	S	L	T	O	B	H	G	S	S	S	Y	R	F	E	E	V	D
P	M	I	S	Z	O	O	L	D	O	Y	P	D	S	A	F	R	B	T	I
S	T	B	R	Y	M	T	M	L	G	Z	Z	P	A	E	D	M	V	A	O
A	T	S	C	O	B	H	S	R	E	I	F	R	V	V	L	T	V	X	L
X	M	S	I	Q	K	L	X	U	E	E	X	I	Q	T	Y	L	G	E	O
P	R	B	I	T	U	O	C	Q	O	T	N	X	T	K	Q	T	U	D	G
F	G	M	N	G	T	X	I	U	E	I	S	H	O	F	J	R	S	O	I
G	P	K	U	P	O	E	F	C	A	S	V	O	O	B	A	D	D	E	S
L	G	Z	P	V	C	L	R	Y	Z	L	J	I	F	O	Q	B	H	U	T
R	C	E	B	N	R	G	O	B	D	N	A	G	L	G	V	P	Q	E	K
M	W	E	P	B	D	R	Y	C	I	T	L	H	X	B	P	E	Z	T	R
M	U	Z	A	V	J	F	I	N	E	L	Z	E	I	Q	O	O	R	S	P
S	P	F	S	H	J	Y	A	N	E	G	C	Y	Z	S	K	T	W	U	E

dextrous
soulless
foster mother
oblivious to love

radiologist
librettist
ecologist
testy

grand duke
colleen hoover
clumsy
fine

U	A	E	V	G	Z	A	Q	H	O	Y	M	F	L	S	B	W	N	B	F	X	O
Q	C	B	P	P	I	W	V	P	V	P	Z	L	V	I	E	X	D	S	X	F	S
G	T	N	J	K	G	T	G	V	X	N	T	Z	F	B	I	V	E	V	T	N	U
E	O	A	N	U	N	J	H	E	Q	Q	A	M	A	E	I	Y	C	Z	F	T	C
Z	F	M	A	T	H	E	M	A	T	I	C	I	A	N	Z	C	Y	M	T	X	A
H	O	Q	Q	E	V	V	M	T	P	J	B	K	V	Y	S	I	Z	W	S	C	N
B	P	T	R	W	P	C	R	N	B	P	U	S	R	E	N	W	O	R	A	W	J
O	A	X	U	O	U	C	K	N	C	M	E	I	B	J	Y	K	X	R	A	H	P
K	I	Q	I	I	K	H	S	B	E	D	Y	N	Z	B	D	H	B	X	V	S	F
E	Y	T	E	U	X	D	B	Z	S	U	Y	G	E	D	G	V	W	P	U	K	T
H	B	M	O	H	R	L	F	Z	K	I	P	E	B	D	Z	C	V	S	X	B	D
X	P	A	V	A	A	P	A	E	W	B	U	R	U	F	O	G	U	P	T	E	X
A	H	H	U	A	D	E	C	N	A	L	A	B	A	V	K	N	Y	A	B	H	T
L	L	J	I	H	Q	I	K	Z	D	H	L	V	P	L	X	C	E	R	M	Z	T
I	Z	T	X	L	P	H	J	T	U	L	P	Z	S	N	U	C	I	S	Q	K	X
K	M	X	S	C	O	M	P	U	O	J	O	Y	I	W	M	V	S	E	U	M	C
G	D	O	V	Y	W	S	T	H	G	P	M	R	G	R	O	A	N	B	R	M	I
P	S	W	K	V	L	B	O	B	R	X	V	A	D	Q	X	L	D	E	F	T	M
O	U	P	W	X	O	I	O	P	U	V	G	G	N	T	A	Z	A	P	T	C	H
A	A	O	R	W	H	J	N	K	H	R	B	F	R	L	Q	A	Q	X	T	I	R
K	R	C	O	L	S	R	A	E	Y	E	V	I	F	N	I	S	Y	B	I	X	V
G	J	P	M	Z	L	S	B	T	S	K	R	S	D	T	N	A	T	L	U	X	E

naive
mathematician
singer
snazzy
exultant
owner
it happened one summ
philosopher
deft
balanced
in five years
landlord

W	F	X	N	M	J	M	P	E	T	P	O	O	C	N	Q	F	E	K
K	G	U	N	U	P	K	K	L	Q	S	C	E	K	A	K	P	W	S
H	Z	C	O	R	E	H	D	E	R	U	T	R	O	T	W	J	F	T
Y	S	Q	Z	F	F	V	I	G	R	V	T	X	Y	F	B	E	Q	N
I	N	G	A	A	O	X	I	L	I	H	U	A	A	T	V	P	C	C
S	N	Y	N	T	C	I	R	T	A	D	K	A	C	S	C	I	M	K
A	E	R	M	H	G	E	U	Y	A	N	Y	E	U	V	V	R	W	P
Z	I	H	F	L	I	N	G	P	G	N	T	O	D	K	W	I	F	L
A	Q	N	A	E	L	J	A	M	E	S	I	H	Y	D	X	X	Q	X
B	W	W	V	T	N	A	T	I	S	E	H	G	R	V	X	K	S	J
T	S	K	I	E	A	W	K	F	S	O	E	B	A	O	X	X	K	T
N	U	S	G	P	N	R	B	Z	V	B	O	R	T	M	P	X	X	M
I	L	G	A	X	L	T	C	A	O	X	Y	Y	E	N	I	I	P	P
Y	W	B	W	O	M	W	O	O	U	K	Z	W	C	F	S	N	S	F
X	C	P	Z	R	N	C	Q	R	T	M	B	B	V	Y	E	G	U	T
T	V	S	V	U	I	C	N	V	L	S	M	Y	X	S	D	R	I	X
G	Y	D	M	Q	X	V	D	Y	A	D	I	V	E	R	H	S	C	J
K	M	E	Q	G	G	C	L	T	W	G	N	R	C	W	N	Q	B	Z
R	A	M	P	H	K	N	Z	L	Z	M	P	G	A	J	F	I	R	L

inventor
aristocrat
athlete
fling
diver
philanthropist
referee
el james
outlaw
hesitant
unimaginative
tortured hero

B	B	X	L	P	S	I	Z	P	X	H	Y	Z	L	D	Y	T	I	S	F
R	U	S	O	U	F	I	D	C	N	E	A	Q	A	X	W	M	T	D	X
Z	P	X	O	G	O	G	W	S	M	O	J	V	N	R	F	Q	L	G	Q
D	M	V	B	T	J	I	S	A	E	M	I	N	C	X	K	S	C	U	R
S	N	E	D	G	M	O	T	L	R	C	M	T	C	L	K	E	C	T	B
L	A	L	G	X	Q	F	L	P	C	E	F	G	A	U	O	R	B	R	X
C	I	F	M	O	U	C	T	H	U	O	T	X	V	R	A	S	O	L	V
V	V	G	I	I	A	W	Z	A	R	F	G	N	S	S	A	Z	W	G	M
B	H	J	H	X	E	S	N	H	I	B	R	M	E	S	D	P	D	L	G
R	X	C	K	T	B	N	K	E	A	W	O	Q	T	P	L	I	E	C	Y
M	W	Y	A	I	H	N	R	R	L	K	R	F	H	W	R	B	U	S	J
O	V	N	W	O	S	E	N	O	F	O	E	U	G	O	R	A	Q	G	J
K	K	O	S	T	C	K	A	W	H	Y	S	S	X	U	P	I	C	K	Y
Q	K	X	P	W	L	L	X	R	O	T	H	I	N	K	I	N	G	T	U
D	E	D	K	Z	L	F	D	R	T	T	Y	Y	J	T	W	J	N	I	U
G	Q	L	X	I	V	H	Q	E	C	E	L	L	Q	M	Q	F	G	K	Y
H	V	N	G	N	L	J	H	R	A	I	D	L	L	J	U	U	G	I	L
Y	U	N	F	U	B	A	Y	C	L	X	K	E	A	A	R	W	H	E	C
X	Y	I	F	C	V	V	T	H	V	L	W	Z	G	M	S	Q	G	Z	S
X	U	O	M	J	R	E	X	W	M	V	W	W	R	R	S	A	R	U	L

thinking
alpha hero
carpenter
mercurial

separation
small town
lighthearted
a rogue of ones own

sally thorne
sex
picky
coach

A	P	R	S	P	S	L	W	S	E	Y	T	G	A	H	L	W	I	V	X	J
O	L	U	J	L	B	E	A	R	D	N	E	C	E	S	S	I	T	I	E	S
H	H	B	V	W	A	L	K	I	N	G	O	N	A	I	R	Z	V	M	I	G
P	I	W	O	I	N	G	O	O	D	S	P	I	R	I	T	S	S	F	V	X
Z	O	G	R	O	T	D	H	K	Q	K	L	R	P	O	I	Z	Y	S	O	Z
Z	E	E	H	X	T	M	J	X	G	H	N	Q	X	V	T	E	J	J	U	U
G	N	O	E	R	X	M	M	G	P	S	Y	U	S	T	B	T	J	E	B	Y
X	I	R	G	A	A	A	H	N	X	U	W	G	R	U	H	X	A	X	U	X
E	Z	H	T	R	I	N	K	J	P	G	K	S	K	D	Z	J	S	U	F	I
J	R	L	J	D	X	W	K	R	O	A	F	C	M	B	R	U	M	W	Y	A
K	C	A	V	Z	L	E	Y	Z	E	R	V	I	V	E	D	E	I	O	J	J
N	C	M	H	N	R	X	I	V	S	D	L	P	Z	C	B	C	N	Q	X	S
Z	S	V	Z	S	Z	R	V	Q	Z	A	O	P	P	S	E	F	E	F	J	M
I	C	Y	N	Q	T	R	D	X	F	D	W	Y	M	K	G	T	G	C	C	F
F	W	E	B	Y	J	A	L	V	G	D	T	N	Y	U	C	F	U	H	O	K
H	X	P	K	E	P	K	L	W	T	Y	Z	M	V	A	R	F	I	W	B	S
I	C	Q	A	V	D	G	R	F	X	R	Z	L	N	G	A	A	L	Q	W	V
F	T	U	W	O	Z	N	X	M	E	Y	I	Z	F	L	K	R	L	O	H	Z
G	C	E	L	O	H	V	G	I	A	H	V	D	S	V	O	M	O	I	R	T
P	E	Q	N	M	W	S	L	B	Y	J	T	D	L	G	B	Q	R	T	S	B
E	V	O	L	D	E	T	I	U	Q	E	R	N	U	N	C	L	Y	Y	W	T

beard necessities
drunk dial
muralist
attorney

the flat share
unrequited love
in good spirits
walking on air

jasmine guillory
sugar daddy
high rank
joie de vivre

J	Z	Q	T	W	P	Q	Y	Y	W	H	O	K	J	M	Y	O	E	O	O	P
Q	B	M	N	M	V	I	O	M	X	J	J	R	G	A	J	G	A	B	Y	G
G	M	P	J	P	J	K	T	H	J	I	I	N	Y	L	R	G	M	D	E	Z
E	M	U	E	I	T	W	J	W	P	B	B	G	A	F	I	X	N	C	B	O
L	M	Y	S	S	E	L	T	S	I	L	R	G	M	O	Z	K	N	A	O	Y
C	K	F	A	T	J	C	T	B	F	J	A	N	P	Y	D	E	P	Z	E	B
F	W	D	R	B	U	J	N	A	Q	P	B	Y	S	V	K	U	H	K	T	X
Y	S	C	E	V	I	T	N	E	T	T	A	J	F	W	O	Z	T	C	S	Y
M	Y	X	R	L	A	I	W	L	N	S	V	R	T	U	Q	D	K	Q	O	I
W	L	P	H	O	I	F	T	D	Q	I	E	A	G	V	L	F	D	O	N	Y
C	U	G	M	F	A	G	N	I	Z	A	M	A	F	N	I	T	K	Q	-	S
X	B	K	U	F	D	X	A	Y	N	Z	I	E	N	C	F	O	C	G	I	P
M	A	Q	Q	A	Z	O	C	U	C	K	R	W	S	V	X	Y	H	Y	N	K
H	J	W	I	A	Q	O	A	N	R	S	-	N	E	I	J	Q	P	H	-	Z
E	Z	W	F	R	E	D	,	W	H	I	T	E	R	O	Y	A	L	B	L	A
V	D	I	J	U	S	E	N	Q	E	E	R	Y	S	S	U	F	A	F	A	C
R	Q	S	M	G	A	U	U	Y	C	E	U	N	N	O	S	Y	K	M	W	H
B	P	M	X	W	G	A	A	D	M	R	L	T	Y	I	L	D	H	N	M	H
P	Y	K	A	H	C	F	O	S	Q	P	N	W	D	B	F	C	C	J	D	I
K	I	C	H	J	L	S	K	K	C	L	G	G	H	G	P	M	K	N	Y	Q
A	G	G	E	H	X	S	E	F	L	G	E	K	D	O	Y	N	J	X	J	P

red, white royal bl
nosy
close-knit
eminence

agile
emir
playful
son-in-law

listless
attentive
amazing
fussy

Made in United States
North Haven, CT
23 April 2025

68260560R00057